AÏNAKO

ARIANE CHARLAND

AÏNAKO

La voleuse de lumière

ÉDITIONS
MICHEL
QUINTIN

Catalogage avant publication de Bibliothèque et Archives nationales du Québec et Bibliothèque et Archives Canada

Charland, Ariane

Aïnako

Sommaire: 1. La voleuse de lumière -- 2. Le sang des gnomes.
Pour les jeunes de 13 ans et plus.

ISBN 978-2-89435-572-5 (v. 1)
ISBN 978-2-89435-585-5 (v. 1)
ISBN 978-2-89435-573-2 (v. 2)

I. Titre. II. Titre: La voleuse de lumière. III. Titre: Le sang des gnomes.

PS8605.H368A76 2012 jC843'.6 C2012-940309-1
PS9605.H368A76 2012

Illustration de la page couverture: Boris Stoilov
Infographie: Marie-Ève Boisvert, Éd. Michel Quintin

Le Conseil des Arts du Canada / The Canada Council for the Arts — SODEC Québec — Patrimoine canadien / Canadian Heritage

La publication de cet ouvrage a été réalisée grâce au soutien financier du Conseil des Arts du Canada et de la SODEC.

De plus, les Éditions Michel Quintin reconnaissent l'aide financière du gouvernement du Canada par l'entremise du Fonds du livre du Canada pour leurs activités d'édition.

Gouvernement du Québec – Programme de crédit d'impôt pour l'édition de livres – Gestion SODEC

ISBN 978-2-89435-585-5
Dépôt légal – Bibliothèque et Archives nationales du Québec, 2012
Dépôt légal – Bibliothèque et Archives Canada, 2012

Éditions Michel Quintin
C. P. 340, Waterloo (Québec)
Canada J0E 2N0
Tél.: 450 539-3774
Téléc.: 450 539-4905
editionsmichelquintin.ca

1 2 - G A - 1

Imprimé au Canada

Pour Dominique

1

Ténèbres

Sans cesser de rire, Taïs sortit de l'ombre de la forêt. Exténués, les soldats levèrent quand même leur épée, prêts à attaquer. Seule Silmaëlle garda son arme baissée, immobile, la pointe de sa lame égratignant la terre. Elle avala sa salive et dit d'une voix légèrement tremblante :

— Taïs, écoute-moi.

Le rire de Taïs se fit encore plus cruel ; son regard balaya les morts et les blessés étendus par terre avant de s'arrêter sur Silmaëlle. Ses traits se durcirent et le silence retomba. Même dans la pénombre, tous virent la haine briller dans ses yeux fauves.

— Tu veux que je t'écoute ? dit-elle en plissant les paupières.

Silmaëlle garda le silence. Taïs se remit à rire et haussa les épaules.

— D'accord, j'accepte. Pourquoi pas ? Mais à une condition. Qu'on se batte. Seule à seule. Question de déterminer une fois pour toutes qui est la plus forte. Avoue que tu en meurs d'envie.

La voix de Taïs avait une intonation presque démente. Silmaëlle observa son visage et crut y déceler une lueur de folie. Elle devait absolument la ramener à la raison.

— Partez, dit-elle en se tournant vers ses soldats.

Un seul répondit :

— Non.

Un non ferme, sans émotion.

— Iriel, dit Silmaëlle sur le même ton, va-t'en avec tes soldats.

Iriel ne la regarda pas. Il fixait Taïs d'un regard de marbre. Son épée aussi était baissée. Il ne bougeait pas, mais il semblait tendu, sur le qui-vive, comme s'il guettait quelque chose.

— Iriel, dit encore Silmaëlle, c'est un ordre.

Comme si c'était justement ce qu'il attendait, Iriel bondit en s'enveloppant d'un écran de lumière argentée. Son épée fendit l'air et cracha un éclair bleu métallique en direction de Taïs. Mais celle-ci fut plus rapide et la lumière d'Iriel ne l'effleura même pas. Elle pirouetta sur elle-même et un torrent mauve jaillit de son épée, renversant tous les soldats comme un souffle impitoyable.

Seule Silmaëlle résista, les mains crispées sur la poignée de sa propre épée qui vomissait un flot tout aussi puissant de lumière blanche sur la lumière mauve de son ennemie. Mais les derniers combats l'avaient épuisée. Elle peinait à garder son épée droite et tous ses muscles tremblaient. Sa lumière pâlissait à vue d'œil, tandis que celle de Taïs brillait de plus en plus fort.

Celle-ci poussa un cri à mi-chemin entre l'effort et la joie et le mauve explosa. Silmaëlle céda, son arme lui échappa et elle recula avant de s'effondrer. Taïs lui tomba dessus, posa un genou sur sa poitrine et l'empoigna par le bras. Silmaëlle crut qu'elle était perdue, mais l'épée de Taïs ne la toucha pas. Les deux ennemies s'observèrent. Une expression sadique tordit la bouche de Taïs.

— J'ai gagné.

Silmaëlle eut alors l'impression que quelque chose se déchirait à l'intérieur de son corps. Elle dut serrer les dents pour ne pas se mettre à hurler. Tous les muscles tendus, elle s'obligea toutefois à ne pas détourner la tête, à garder son regard vissé à celui de Taïs qui souriait d'un sourire méprisant, victorieux, avide.

Les yeux de Silmaëlle s'agrandirent

d'horreur. Elle venait de comprendre. Taïs absorbait sa lumière, son énergie, sa force vitale. Elle l'absorbait et se l'appropriait. Affolée, elle tenta de se redresser, de se libérer, mais ce fut en vain. Taïs la maintenait solidement au sol. Silmaëlle tourna la tête vers ses soldats qui commençaient à se relever et à reprendre leurs armes éparpillées.

— Allez-vous-en, leur cria-t-elle.

— Non, répondit encore Iriel qui revenait à la charge en ordonnant aux autres de l'imiter.

Taïs les refoula d'une immense vague mauve et les soldats se retrouvèrent encore une fois au sol. Elle resserra sa prise sur le bras de Silmaëlle, qui avait de moins en moins l'impression de se déchirer et de plus en plus envie de dormir, simplement dormir, fermer les yeux et ne plus bouger, ne plus penser, ne plus jamais se réveiller…

Mais elle devait sauver ses soldats. Ses soldats devaient fuir. Ils n'avaient aucune chance.

— Iriel ! gronda-t-elle.

Mais sa voix s'étrangla et seul un souffle inaudible traversa ses lèvres. C'était fini. Taïs avait réussi, elle avait drainé jusqu'à la dernière goutte de sa lumière. Les doigts de Taïs libérèrent enfin son bras qui retomba lourdement le long de son corps. Elle resta là tandis que son ennemie s'enfuyait, enveloppée d'une aura mauve qui disparut rapidement entre les arbres.

En exhortant toujours les autres à attaquer, à suivre Taïs et à la tuer, Iriel se pencha sur Silmaëlle, l'appela et tenta de la relever. Elle s'écroula dans ses bras et sa tête bascula. Il glissa une main dans ses cheveux. En luttant de toutes ses forces contre l'inconscience qu'elle sentait toute proche, irrépressible, Silmaëlle se força à plonger dans le gouffre noir de ses yeux et à sourire. Elle murmura :

— Tu avais raison…

Ses paupières se fermèrent et les ténèbres l'emportèrent.

2

L'INCONNU

— Oups! s'exclama Novembre. Il fallait tourner ici.

Devant elle, sur le siège du passager, Chloé tourna la tête tellement vite que le cou lui fit mal; elle grimaça de douleur.

— Je ne sais pas comment tu fais pour te reconnaître. Ça fait presque dix ans que je viens ici au moins deux fois par année, mais j'ai l'impression que tous les chemins sont pareils; de la boue, des arbres, des mouches noires…

— C'est parce que, moi, je regarde où on va au lieu de passer mon temps à parler de gars et de bourrelets!

— Je ne passe pas mon temps à parler de gars, mais d'un gars, au singulier. Et c'est vrai que ses jeans taille basse de pseudo-rocker tourmenté lui font des bourrelets.

Zac, le frère de Chloé, secoua la tête et Novembre le vit lever les yeux au ciel dans le rétroviseur.

— Bon, les filles, je vous trouve un peu dures avec ce pauvre gars. Il veut être populaire, c'est tout. Tout le monde recherche son bonheur, dans la vie.

Il avait prononcé cette dernière phrase d'un ton professoral, comme s'il récitait un sermon. Novembre s'agrippa au dossier du siège de Chloé pour se pencher vers lui. Il avait dix-sept ans, soit trois ans de plus qu'elle et son amie, mais ses lunettes rondes et son t-shirt trop grand lui donnaient l'air d'un préadolescent à peine sorti du primaire. Il n'était pas du genre à porter des jeans taille basse trop serrés, mais elle était certaine que, même en réunissant toute la graisse qu'il avait sur les os, il n'aurait pas le moindre bourrelet.

— Depuis quand tu te préoccupes du bonheur des petits jeunes de deuxième secondaire, toi ? demanda-t-elle en riant. C'est encore une citation du dalaï-lama, c'est ça ? À moins que tu ne comptes lancer ton propre livre mystique ? *Les maximes de Zac-le-Sage…*

Zac haussa les épaules, mais ses joues se colorèrent. Il se prenait tellement au sérieux avec ses lectures spirituelles que Novembre ne pouvait s'empêcher de le taquiner. Cela faisait des années qu'ils se connaissaient et elle le considérait comme son propre frère.

— Et ma rue est toujours derrière nous, ajouta-t-elle en refaisant sa queue de cheval qui ne cessait de se défaire à cause du vent qui s'engouffrait par les fenêtres.

Zac la regarda dans le rétroviseur, haussa les sourcils et donna un brusque coup de volant. Les pneus crissèrent, la voiture exécuta un virage à cent quatre-vingts degrés et les deux filles crièrent. Quand son cœur recommença à battre, Novembre lui frappa l'épaule avec son sac à main couvert de macarons.

— Tu m'as fait perdre mon élastique !

De longues mèches de cheveux bruns tombant pêle-mêle devant son visage, elle tenta de le retrouver au milieu des canettes de soda vides et des vieux emballages de hamburger qui jonchaient le plancher, mais elle abandonna rapidement. Une main crispée sur la poignée de la portière et l'autre sur le tableau de bord, Chloé était devenue blanche sous ses cheveux fraîchement teints en noir. Zac éclata de rire.

— Oh ! Calmez-vous, les filles ! J'avais vérifié mes angles morts.

— Espèce de danger public ! s'écria Chloé en lui lançant le lecteur MP3 qu'elle avait sur les genoux.

Zac le rattrapa avant qu'il ne passe par la fenêtre.

— T'es folle ? C'est toi, le danger public !

Chloé lui reprit le lecteur d'un geste irrité et le laissa pendre par le fil branché dans la chaîne stéréo de la voiture.

— Il ne serait rien arrivé. Maintenant, c'est toi qui t'énerves pour rien.

— Tu devrais quand même faire plus attention à tes choses.

— Surtout quand ce sont mes choses, fit Novembre en attrapant son lecteur MP3 et en tirant sur le fil pour le débrancher.

La musique s'éteignit, mais le vent et le vieux moteur mugissaient tellement fort que cela ne changea pas grand-chose. Zac laissa échapper un soupir exagéré, comme pour dire : « Ah, les jeunes ! »

— Tu me dis où tourner plus qu'une seconde à l'avance, hein ?

Novembre tendit aussitôt le bras entre les deux sièges et pointa la forêt à leur droite.

— Ici. Juste ici. Où il y a le gros chêne difforme.

Zac ralentit, le haut du corps penché sur le volant et les yeux plissés pour tenter d'apercevoir le chêne en question.

— Ici ! répéta Novembre. Tu vas encore le manquer.

Zac trouva enfin le chemin et tourna si rapidement qu'on entendit la valise de Novembre glisser dans le coffre arrière. La voiture se mit à cahoter sur la terre inégale. Novembre sourit. Elle serait bientôt chez elle. Elle avait hâte de revoir sa tante et ses cousins. C'était là qu'elle habitait depuis toujours, mais elle passait l'année scolaire chez Chloé, en banlieue, parce que la maison de sa tante se trouvait au fin fond des bois, là où aucun autobus ne s'aventurait.

Chloé grimaça en replaçant une mèche de cheveux noirs derrière son oreille.

— Je n'ai jamais vu une route aussi mal entretenue. On se croirait au dix-neuvième siècle. Je suis sûre que le dernier véhicule dans lequel ta tante est montée était tiré par des chevaux.

Novembre pouffa.

— Tu sais quoi? Ça ne me surprendrait même pas.

C'était vrai. Elle n'avait jamais vu tatie Vivi dans une auto. En fait, elle ne se rappelait même pas l'avoir vue ailleurs que dans sa maison ou son jardin. Quant à ses cousins, Loup et Nina, elle savait qu'ils allaient à l'université, qu'ils travaillaient et allaient parfois voir leurs amis, mais elle les avait rarement vus dans un contexte autre que celui des vacances, qu'ils passaient toujours à la maison, à part quelques excursions dans les bois environnants.

Zac s'arrêta devant chez elle et descendit pour l'aider à sortir son énorme valise.

— Tu nous excuseras auprès de ta tante et de tes cousins. On ne peut pas rester. Je travaille ce soir et je ne peux vraiment pas me permettre un autre retard.

— Je sais, tu nous l'as dit au moins mille fois.

Novembre le soupçonnait de ne pas vouloir entrer par peur de croiser Nina. La dernière fois qu'ils s'étaient vus, soit aux vacances de Noël, il lui avait vanté ses aptitudes en karaté et elle l'avait mis au défi de l'affronter. Il avait ri en disant qu'il ne pouvait pas se battre contre une fille, mais Nina avait insisté et Zac s'était retrouvé quatre fois de suite au plancher.

— Tu diras à Loup que j'ai hâte à notre fin de semaine de camping, dit Chloé qui était sortie pour la saluer.

Loup les amenait en camping tous les étés depuis des années. Quand elles étaient plus jeunes, il leur racontait des histoires de fées et de princesses ; maintenant, il leur faisait chaque fois découvrir un nouveau coin de la forêt, un nouveau lac où se baigner, et il les guidait dans de longues randonnées en montagne. Novembre adressa un clin d'œil à son amie.

— Je lui fais le message ce soir et je t'appelle demain pour te dire s'il est toujours célibataire.

Chloé leva les yeux au ciel, mais le rose lui monta aux joues. Elle avait le béguin pour Loup depuis au moins la maternelle.

— Il faut y aller, s'impatienta Zac qui était remonté derrière le volant. Passe un bel été, Novembre. Je suppose qu'on va se revoir à la fin du mois d'août!

— À moins que ma tante ne se décide à rejoindre la civilisation et à déménager dans un endroit où les humains sont plus nombreux que les ours.

« Ce qui serait vraiment l'horreur », songea-t-elle en se retournant pour observer la maison de bois rond. Elle adorait cette maison. Elle adorait ses craquements et son odeur de résine. Elle adorait le chant assourdissant des grillons, la nuit, et même le hurlement des coyotes dans le lointain. Mais elle savait bien que tatie Vivi n'accepterait jamais de s'en départir. C'était là qu'oncle Flo était mort et c'était là qu'elle-même mourrait.

— J'y vais avant que mon frère fasse une crise d'apoplexie, maugréa Chloé.

Novembre se baissa pour la serrer dans ses bras. Son amie avait toujours été petite et potelée, tandis qu'elle-même ressemblait plutôt à un bâton monté sur des échasses.

Elles se séparèrent et Novembre s'engagea dans l'allée menant au petit perron de bois branlant. Elle ouvrit la porte qui n'était jamais verrouillée, se retourna pour saluer une dernière fois Chloé et Zac, et entra dans la maison. Elle entendit la voiture s'éloigner, puis ce fut le silence. Elle appela sa tante et ses cousins. Sa voix se répercuta dans toute la maison, mais ne reçut aucune réponse. Elle laissa donc sa valise sur place et alla voir dans la cuisine, sur le balcon, dans le jardin, à l'étage, dans les chambres, au sous-sol, au grenier… Personne. Le même silence inhabituel faisait résonner ses pas sur le plancher.

« Bizarre… » se dit-elle. Mais, après tout, elle n'avait prévenu personne de son arrivée hâtive. Zac avait dû la ramener une journée plus tôt que prévu parce qu'il travaillait le lendemain et elle n'avait pas eu le temps de téléphoner chez elle. Elle essaya de ne pas s'inquiéter et monta seule sa lourde valise dans sa chambre. Elle pensa un instant à se montrer responsable et à la défaire immédiatement pour éviter de froisser ses vêtements, mais elle eut à peine le temps de la déposer que la porte arrière de la maison s'ouvrait sur un brouhaha de paroles confuses.

Elle sourit en reconnaissant le ton calme de Loup, le débit rapide de Nina et les inflexions sévères de tatie Vivi. Elle distingua également une quatrième voix qui lui était totalement inconnue. Et incompréhensible. Alors que ses cousins et sa tante parlaient français, comme d'habitude, leur interlocuteur s'exprimait dans une langue étrange qui ne lui disait absolument rien.

Curieuse, elle s'apprêtait à sortir de sa chambre pour aller voir ce qui se passait en bas quand une phrase de sa cousine la paralysa.

— Tu te vois lui annoncer comme ça, tout de go, sans préparation, qu'elle est une elfe ?

Novembre s'arrêta sec en plein milieu d'un pas. Qu'est-ce que Nina était encore en train d'inventer ?

— Parce que tu as autre chose à proposer ? répondit Loup d'une voix énervée qui ne lui ressemblait pas.

Du haut de sa cachette, Novembre l'entendit soupirer, puis reprendre plus calmement :

— Trop de choses m'échappent, Zoïrim, j'ai besoin que tu me répètes… Qu'est-ce qu'Iriel vous a raconté, exactement ? Comment Taïs s'y est-elle prise pour voler la lumière de la reine ?

Novembre fronça les sourcils. La reine ? Quelle reine ? La reine d'Angleterre ? Elle n'en connaissait pas d'autres. À moins que ce ne soit le surnom de quelqu'un ? Pendant qu'elle s'interrogeait, l'inconnu se lança dans une longue explication laborieuse, ou du moins qui lui sembla laborieuse puisqu'elle n'en saisit pas un traître mot.

— Mais elle n'est pas prête, dit Nina. Ça peut encore attendre, non ?

Ce fut à nouveau l'inconnu qui répondit. Novembre ne comprit rien, évidemment, mais à son ton elle devina qu'il commençait à s'impatienter. Et Loup semblait de son avis.

— Zoïrim a raison. On a déjà trop attendu.

— Mais elle n'est pas prête, répéta Nina. Elle a seulement quatorze ans.

Quatorze ans ? Le pouls de Novembre s'accéléra. Ses cousins ne connaissaient pas beaucoup de filles de quatorze ans.

— Et ça fait quatorze ans qu'on la prépare, dit Loup. De toute façon, on ne pourra pas continuer à se cacher très longtemps. Elle va bien finir par l'apprendre toute seule. Il est temps qu'elle sache la vérité. Elle va avoir quinze ans cet automne et, si on attend trop, elle ne pourra plus revenir.

Cette fois, il n'y avait plus de doute. C'était bien d'elle qu'on parlait. Le cœur de Novembre se mit à battre la chamade. Quelle vérité ? Revenir où ?

— Et comment on va lui dire ça ? demanda Nina. Comment on va faire pour lui dire qu'on lui a menti, qu'on passe l'année à la surveiller, qu'on n'est pas ceux qu'elle croit qu'on est, qu'elle n'est même pas celle qu'elle croit être, que tout cela n'est qu'une... une... une mascarade ? Comment va-t-on faire pour lui dire tout ça sans qu'elle nous déteste ?

La voix de Nina s'était transformée en murmure. Novembre commençait sérieusement à se laisser gagner par la panique. Elle avait le vertige et, pour ne pas s'effondrer, elle tentait d'enfoncer ses ongles dans le chambranle de la porte auquel elle s'était appuyée.

— Tu préférerais qu'on la laisse à jamais dans l'ignorance ? demanda doucement Loup. Qu'elle ne sache jamais qui elle est réellement ?

Nina ne répondit pas.

— Elle doit revenir, continua Loup. Tu sais que j'ai raison, Nina. On aurait dû l'informer il y a des années. Mais, maintenant, on n'a plus le choix. Elle doit revenir dans son vrai monde. Les gens ont besoin de leur princesse. Et peut-être bientôt... d'une nouvelle reine.

À ces mots, tatie Vivi éclata en sanglots et répéta plusieurs fois :

— Ma pauvre sœur ! Ma pauvre sœur !

Ces mots troublèrent Novembre encore plus, en partie parce que sa tante n'exprimait jamais ses émotions, mais aussi et surtout parce qu'elle n'avait qu'une sœur... et que cette sœur était morte.

Nina soupira.

— Je sais bien. Je crois que j'aurais juste aimé que ce soit ça, notre vie, ici, ensemble. Mais je sais bien que tu as raison. Vaut mieux qu'elle sache. Et vaut mieux qu'elle l'apprenne par nous que par... autrement. D'ailleurs, est-ce que toutes les filles ne rêvent pas d'être des princesses ou des elfes ? Et elle, elle est les deux. Que demander de mieux ?

« Ha, ha, ha, se dit Novembre sans joie, elle est bien bonne. Franchement, s'ils s'imaginent que je vais avaler ça... Ils pourraient essayer de me faire croire que je suis une sorcière ; au moins, c'est encore dans la catégorie des humains. »

— Alors on le lui dit demain dès qu'elle arrive ? demanda Loup

— Très bien, dit Nina. Mais c'est toi qui le lui dis.

Novembre n'entendit pas la réponse de Loup, mais ce n'était pas nécessaire. C'était toujours lui qui se chargeait de désamorcer les bombes. Il comprenait toujours tout et ne se fâchait jamais, ce qui était parfois vraiment frustrant.

— Parfait ! reprit Nina. Parce que, moi, je me vois mal l'accueillir après des mois de séparation en lui balançant, comme ça, en passant, qu'elle doit aller se battre contre son ennemie jurée qui...

L'inconnu lui coupa la parole. Il prononça quelques syllabes sèches qui provoquèrent un désordre de chuchotements, suivi d'un silence anxieux que Loup se décida à briser au bout de quelques secondes interminables.

— Novembre ?

Sa voix était tendue. L'inconnu l'avait-il entendue ? Une pensée folle s'empara d'elle. Et s'ils ne plaisantaient pas, avec leurs histoires de princesses et d'elfes ! Mais elle la rejeta immédiatement, parce que ça n'existait pas, les elfes et les princesses. Bon, les princesses, peut-être, mais pas les elfes ; tout le monde savait ça. « Ça y est, pensa-t-elle en s'efforçant de se moquer d'elle-même, je suis vraiment en train de disjoncter. » Mais pourquoi continuait-elle de trembler comme une feuille ?

Elle entendait maintenant les pas de son cousin dans l'escalier. Elle avança un pied pour sortir de l'embrasure de la porte, mais ne lâcha pas le cadre de bois. Loup s'arrêta en haut des marches, à l'autre bout du couloir. Novembre s'attendait à ce qu'il s'esclaffe d'un moment à l'autre et s'écrie : « On t'a bien eue, hein ! » Mais il restait là à la regarder sans rien dire. Enfin, il sourit à demi et s'avança vers elle.

Quand il posa sa main, chaude et solide, sur son épaule tremblante, elle comprit qu'il ne plaisantait pas. Seulement, même si elle voulait le croire parce que c'était Loup, la personne en qui elle avait le plus confiance au monde, elle n'y arrivait pas. Ils devaient être fous.

Mais les secondes s'écoulaient et elle se dit qu'une partie d'elle croyait forcément à ce qu'elle avait entendu, parce qu'elle ne riait pas, ne souriait pas et continuait à fixer son cousin d'un air presque farouche.

— On ne t'attendait pas avant demain, dit Loup comme pour s'excuser.

Novembre ne répondit pas. Loup lui effleura le front des doigts pour replacer une mèche rebelle.

— Je ne voulais pas que ça se passe comme ça. Je suis désolé, Novembre.

Mais elle ne voulait pas de ses excuses. Elle recula en rejetant sa main.

— Que ça se passe comme quoi ?

Loup hésita et gratta les cheveux roux qui commençaient à boucler sur sa nuque.

— Ce que tu as entendu… Je ne voulais pas que tu l'apprennes comme ça.

Novembre n'en revenait pas. Le sang se mit à battre à ses tempes.

— Vous m'avez menti ! s'écria-t-elle, elle-même étonnée par sa propre colère.

Loup fit un pas vers elle. Il semblait réellement désolé, mais Novembre le repoussa. Il ne protesta pas et s'immobilisa.

— C'est ta mère qui voulait ça, dit-il doucement.

— Ma mère ? fit Novembre dans un souffle.

Elle n'avait jamais connu ses parents. Son père n'avait jamais été dans le décor, ayant disparu avant même sa naissance, et sa mère était morte alors qu'elle avait à peine un an. Elle n'avait que quelques photos, toutes prises le même jour, un jour d'hiver, sans doute, puisqu'il y avait du givre dans les vitres et du feu dans le foyer. Il y avait sa mère avec son visage tellement jeune, encadré de longs cheveux bouclés du même marron que les siens aujourd'hui, et elle-même qui, selon les clichés, riait ou dormait dans ses bras. Un fin duvet châtain lui recouvrait le crâne, hérissé par endroits à cause de l'électricité statique. Elle avait des joues rebondies. Sur certaines photos, ses grands yeux gris étaient ouverts. Sa mère souriait invariablement, mais Novembre lui avait toujours trouvé un air triste. On ne voyait jamais la couleur de ses yeux parce qu'ils brillaient trop, comme si elle était sur le point de pleurer, comme si elle savait qu'une voiture allait bientôt la faucher, comme si elle savait que c'était une des dernières fois qu'elle voyait sa fille.

— Maë, répondit Loup. Ou, enfin, Silmaëlle. Son vrai nom est Silmaëlle.

Sa tante lui avait dit qu'elle s'appelait Sylvie.

— Et c'était…

— Une elfe. Comme toi, Novembre. D'ailleurs, Novembre, c'est ton nom humain. Dans notre langue, tu t'appelles Aïnako. Ça veut dire novembre, ajouta-t-il avec un petit sourire embarrassé.

Elle ne lui rendit pas son sourire. Elle ouvrit la bouche, mais les mots restèrent pris dans sa gorge. Sa colère était tombée pour le moment, mais une foule d'émotions contradictoires lui embrouillaient le cerveau.

— Tu vas voir, dit Loup, on va tout t'expliquer et tu vas comprendre.

Novembre referma la bouche.

— Viens, continua Loup, Nina et tatie Vivi doivent s'inquiéter.

Mais Novembre ne bougea pas. Si elle descendait, l'étranger serait là et tout deviendrait vrai. Elle n'aurait plus la possibilité de se dire que c'était un tour que ses cousins lui jouaient.

Loup sembla lire dans ses pensées.

— Il s'appelle Zoïrim et il est très gentil, tu vas voir.

Il lui tendit une main. Après avoir hésité quelques secondes, elle la prit et la serra de toutes ses forces en le laissant l'entraîner dans l'escalier. Une fois au rez-de-chaussée, il s'arrêta pour la regarder.

— Ça va ?

Novembre fit oui de la tête, même si elle avait envie de s'enfuir par la porte d'entrée et de courir, de courir jusqu'à tomber d'épuisement et ne plus pouvoir penser. Mais elle continua, sans savoir ce qui lui faisait le plus peur, que tout soit vrai ou que ce ne soit qu'une farce.

Dès qu'elle la vit, Nina s'élança vers elle pour la serrer dans ses bras, en fouettant Loup au passage avec ses couettes.

— Novembre ! Je suis désolée, on est désolés, on ne voulait pas que tu l'apprennes comme ça. Mon sang s'est littéralement figé quand Zoïrim nous a dit qu'il avait entendu du bruit en haut. J'ai tout de suite su que c'était toi. On aurait dû faire plus attention. On ne voulait pas te mentir, mais on n'avait pas le choix. Tu comprends ?

Loup fit signe à Nina de la laisser respirer et elle s'éloigna en s'essuyant les yeux. Novembre fouilla la pièce du regard. Aucune trace de l'inconnu.

— Je crois que c'est moi que vous cherchez, Altesse.

Novembre sursauta. Celui qui avait parlé était là, à deux mètres d'elle, à peine plus haut qu'une tasse à café, debout sur le dossier d'une chaise. Vêtu d'une tunique et d'un pantalon bruns, il avait les mêmes proportions qu'un homme, la peau aussi verte qu'un brin d'herbe tendre et de petits cheveux fous de la couleur du ciel. Mais, le plus surprenant, c'était les grandes ailes de papillon qui se balançaient dans son dos.

3

Comme une écharpe de lumière

— Je vais… une minute… bafouilla Novembre avant de s'effondrer sur le canapé.

Nina s'assit à ses côtés et Loup se tira une chaise de cuisine, pendant que tatie Vivi s'affairait à préparer du thé; il fallait toujours qu'elle s'occupe les mains, sinon elle devenait folle. Quant à Zoïrim, il parcourut en volant – oui, en volant – la courte distance qui séparait la cuisine du salon.

Novembre n'en croyait pas ses yeux. Les ailes de l'elfe, de la même couleur éclatante que ses cheveux, battaient gracieusement l'air en cadence. Elles ressemblaient à des ailes de papillon, mais elles étaient plus épaisses et recouvertes de duvet. Il en avait quatre en tout. Celles du haut étaient grandes et parcourues de motifs blancs compliqués, tandis que celles du bas étaient petites et traversées par une seule ligne blanche aux contours flous. Elles s'enroulèrent en quatre cônes serrés quand il se posa sur la table à café, devant Novembre qu'il salua d'une profonde révérence.

Elle approcha machinalement un doigt pour effleurer ses cheveux bleus, comme pour s'assurer qu'elle n'était pas victime d'hallucinations. On aurait dit de la fourrure de lapin.

— Altesse, c'est un honneur de faire votre connaissance, fit la voix de l'elfe sous son index.

Novembre retira vivement sa main et se sentit rougir.

— Ainsi… vous parlez notre langue?

Elle rougit encore plus en réalisant l'idiotie de sa question. L'elfe se redressa en souriant.

— Je maîtrise parfaitement les principales langues qui se sont parlées sur ces terres au cours des trois cents dernières années, mais les langues humaines sont tellement simples que je n'ai pas beaucoup de mérite.

— Et je suis vraiment une… une… enfin, comme vous?

Bizarrement, elle trouvait plus facile de parler à ce Zoïrim qu'à son cousin.

— Vous êtes bien une elfe, confirma Zoïrim. Mais, comme le nom de notre peuple n'existe dans aucun dialecte humain, le choix du mot elfe est purement arbitraire. Vous êtes aussi notre princesse, la princesse Aïnako d'Élimbrel, fille de la reine Silmaëlle d'Élimbrel.

— Élimbrel ? répéta Novembre.

Le mot ne sonnait pas tout à fait pareil dans sa bouche, comme s'il manquait quelques lettres, quelques subtilités que ses cordes vocales n'arrivaient pas à reproduire.

— Notre royaume, Altesse. Votre royaume.

— Tu vas voir, c'est magnifique ! dit Nina, les yeux pétillants. Quand tu reviendras…

— Et pourquoi je reviendrais ?

— La reine, votre mère, a besoin de vous, Altesse.

— Ma… ma mère est morte.

— Ta mère n'est pas morte, dit lentement Loup en la regardant comme s'il s'attendait à ce qu'elle explose d'un moment à l'autre. Mais elle risque de mourir si on ne fait rien.

Suffoquée, Novembre ouvrit une bouche aussi muette que choquée. Pourquoi lui avait-on fait croire qu'elle était orpheline ? Pourquoi sa mère ne s'était-elle jamais manifestée ? Pourquoi avait-elle l'air humaine, si c'était une elfe ?

— C'est ta mère qui a insisté pour que tu ne saches rien de notre monde, reprit Loup du ton bienveillant qu'il réservait normalement pour la consoler ou la réprimander. Elle voulait te protéger. Élimbrel est en guerre et elle craignait que, si nos ennemis apprennent ton existence, ils ne tentent de s'en prendre à toi.

— À moi?

— Je crois que tu ferais mieux de commencer par le début, dit tatie Vivi en présentant à Loup un plateau rempli de tasses fumantes.

Il en prit une en la remerciant et elle déposa le plateau à côté de Zoïrim. Elle tendit un breuvage à Novembre et un à Nina, en prit elle-même un et s'installa dans un fauteuil.

— Pourquoi je n'ai pas la même chose que vous? demanda Novembre en constatant qu'une étiquette de thé en sachet pendait des trois autres tasses, alors que la sienne était pleine de pétales et de tiges.

— Toi, tu as de la tisane, répondit tatie Vivi. Pour te calmer.

Novembre voulut hurler qu'elle était très calme, mais elle se ravisa en voyant que sa tasse tremblait dans ses mains. Loup la scruta un instant comme s'il cherchait quelque chose. Elle soutint son regard. Elle ne demandait qu'à comprendre. Son cousin sourit, but une gorgée de thé et s'éclaircit la gorge.

— Eh bien! comme je te le disais, Élimbrel est en guerre depuis très longtemps contre un autre royaume du nom de Shamguèn. En fait, le royaume de Shamguèn existe uniquement pour faire la guerre à celui d'Élimbrel.

C'est une elfe du nom de Taïs qui l'a fondé. À l'époque, avant de fonder Shamguèn, elle était la princesse héritière d'Élimbrel. Mais un jour elle a décidé qu'elle en avait assez, qu'elle voulait la couronne maintenant et qu'elle n'en pouvait plus d'attendre que le roi, son père, veuille bien la lui céder. Dans notre monde, les souverains ont l'habitude d'abdiquer quand ils jugent que l'aîné de leurs enfants est prêt à prendre leur place, mais, évidemment, s'ils meurent avant, la passation du pouvoir s'en trouve accélérée… Je te laisse deviner la suite.

Novembre haussa les sourcils. La suite était évidente. Toute son enfance, Loup l'avait gavée de contes de fées remplis de princes régicides et de reines vengeresses.

— Elle l'a tué. Elle a tué son père pour une simple couronne.

Loup hocha la tête et avala une autre gorgée de thé.

— Une couronne et tout le pouvoir qui vient avec.

— Et qu'est-ce qu'elle a fait, après ?

— Elle s'est enfuie. Elle avait une sœur cadette, Tsamiel, qui avait découvert son crime et tenté de l'arrêter. Elles se sont battues et Taïs aurait certainement réussi à tuer sa sœur si l'armée n'était pas arrivée. Elle a réussi à prendre la fuite et il a été impossible de la retrouver.

— Mais j'imagine qu'elle n'est pas restée introuvable très longtemps, dit Novembre.

— Malheureusement non. Pendant qu'Élimbrel se remettait de la commotion causée par son crime et sa fuite, elle occupait tout son temps à bâtir son propre royaume, qu'elle a baptisé Shamguèn, ce qui signifie : la justice tombera.

— Shamguèn, répéta Novembre. La justice tombera. Et, Élimbrel, ça veut dire quoi ?

— C'est une onomatopée, dit Loup en souriant. C'est le bruit du vent dans les feuilles.

Novembre le regarda un instant, incertaine, avant de se tourner vers Nina.

— C'est vrai, l'assura sa cousine en riant. Ça ne te semble peut-être pas évident pour le moment, mais, pour des oreilles d'elfe, c'est vraiment le même son.

Novembre se redit le mot dans sa tête, mais elle ne vit toujours pas le rapport avec le bruit du vent. Tatie Vivi, qui affichait un air rêveur tellement rare chez elle, essuya une larme encore plus rare au coin de ses yeux et demanda à Loup de poursuivre son histoire. Il sembla étudier sa tasse à moitié vide comme pour y lire son avenir. Quand il releva les yeux, son visage était redevenu grave.

— Dix ans jour pour jour après s'être enfuie, Taïs était de retour à Lilibé, la cité royale d'Élimbrel, à la tête d'une centaine de soldats. Je ne crois pas qu'elle espérait prendre Élimbrel, pas avec une aussi petite armée. Je crois que c'était plutôt un message qu'elle voulait faire comprendre à Tsamiel et aux habitants d'Élimbrel. Elle voulait qu'ils sachent qu'elle n'avait pas disparu et qu'elle avait bien l'intention de se venger. C'était une déclaration de guerre, ou plutôt de guérilla, ce qui correspond mieux à la stratégie adoptée par Shamguèn jusqu'à maintenant.

Il réfléchit un instant et prit une autre gorgée de thé avant de continuer.

— Tsamiel est morte sur le champ de bataille de nombreuses années plus tard et, comme elle n'avait pas d'enfants, c'est le fils de son mari, qu'il avait eu avant son mariage avec elle, qui a hérité de la couronne. La royauté est habituellement héréditaire, mais, quand un souverain n'a pas de successeur en ligne droite, il faut trouver l'elfe avec qui il avait le lien le plus fort, que ce soit par le sang ou l'attachement, ce qui donne souvent lieu à des querelles. Tout le monde ne s'entendait pas sur la légitimité du nouveau roi et Taïs a profité de la discorde qui divisait Élimbrel pour tenter une nouvelle fois de s'emparer du pouvoir.

Ce fut une longue bataille. Les deux camps essuyèrent beaucoup de pertes avant que l'armée d'Élimbrel ne réussisse à refouler celle de Shamguèn. Taïs est repartie plus affaiblie que jamais, mais également plus déterminée à éliminer cette nouvelle lignée de souverains qu'elle qualifiait de bâtards.

— Une nouvelle lignée de souverains? demanda Novembre. Le nouveau roi est donc mort pendant la bataille?

— Tué par les mains de Taïs. Elle s'est toujours fait un devoir d'éliminer ses ennemis elle-même.

— Le pouvoir est passé à quelqu'un de la famille de ce nouveau roi?

— À sa fille, Néréli.

— Et, comme elle n'avait aucun lien de parenté avec elle, Taïs jugeait qu'elle n'avait aucun droit à la couronne?

— Elle jugeait que personne d'autre qu'elle-même n'avait droit à la couronne. Mais, effectivement, le fait que Néréli ne soit pas issue de la même dynastie qu'elle n'a fait qu'exacerber sa soif de vengeance.

— Elle a fini par la tuer elle aussi?

Loup hocha la tête et sembla hésiter. Il fit tourner sa tasse dans ses mains.

— Le règne de Néréli a été le plus court de l'histoire d'Élimbrel. C'était pourtant une guerrière remarquable, mais elle a dû s'incliner devant son ennemie. La couronne est alors passée à sa fille aînée, Silmaëlle.

— Ma mère… murmura Novembre.

— Ta mère, acquiesça Loup.

Il vida son thé, posa sa tasse sur le plateau et fronça les sourcils avant de reprendre :

— Taïs a alors posé un geste surprenant. Elle a signé l'armistice que lui proposait Silmaëlle. Mais la paix n'a pas duré. Taïs avait un seul enfant, un fils nommé Fælkor, qui a été assassiné peu de temps après la fin de la guerre. Elle a évidemment cru que Silmaëlle était la coupable et les combats ont repris de plus belle.

— Et elle l'était, coupable ?

— Non, bien sûr que non. Le véritable assassin n'a jamais été retrouvé.

Novembre avait écouté Loup en tournant et retournant une mèche de cheveux entre ses doigts. Ses mains étaient maintenant immobiles sur ses cuisses et elle le fixait avec intensité.

— Vous croyez que, si elle apprend mon existence, Taïs voudra me tuer pour se venger de ma mère, parce qu'elle croit qu'elle a tué son fils.

Loup acquiesça et parut réfléchir. Novembre attendit qu'il précise sa pensée, mais, comme le silence se prolongeait, elle se sentit devenir de plus en plus impatiente.

— Mais ça n'explique pas pourquoi vous m'avez menti !

— C'était le désir de ta mère, dit Loup. Silmaëlle voulait que tu aies une enfance heureuse et elle avait peur que tu veuilles revenir à Lilibé, là où tu es née, si tu apprenais la vérité.

— Bien sûr que j'aurais voulu voir l'endroit d'où je viens.

— Silmaëlle tenait à ce que ton existence demeure secrète. Elle croyait que c'était la seule façon de te protéger de Taïs.

— Alors, elle m'a simplement transformée en humaine d'un coup de baguette magique ? railla Novembre.

Loup eut un rire sec.

— Pas vraiment… Les elfes peuvent modifier l'apparence de leur corps, mais c'est assez complexe et très peu y parviennent. C'est moi qui ai procédé à ta métamorphose, avec l'aide de ta mère. On aurait pu opter pour n'importe quelle espèce animale, mais je doute que les résultats aient été très convaincants. Les humains, malgré leur grande taille, sont les plus près de nous, physiquement et intellectuellement.

— Mais elle aurait pu me cacher chez d'autres elfes, non ? Avec toi et Nina, par exemple, mais à Lilibé, ou Élimbrel, ou peu importe…

— Elle croyait que tu serais plus en sûreté parmi les humains. Mais ne va pas croire que ce choix a été facile. Elle a toujours souhaité que votre séparation soit de courte durée. Elle croyait pouvoir ramener la paix avant ton retour, mais la guerre a été plus longue qu'elle ne l'espérait et elle n'est toujours pas terminée. Maintenant, Silmaëlle est blessée…

Il se tut un instant avant d'ajouter doucement :

— Crois-moi, ta mère n'a jamais voulu t'abandonner.

Novembre baissa les yeux sur ses mains. Ses doigts étaient tellement serrés les uns autour des autres qu'elle en avait les jointures blanches. Elle ne savait plus si elle voulait hurler ou se jeter dans les bras de Loup, de Nina ou de sa tante.

— Tu l'as connue ? demanda-t-elle d'une voix soudain chevrotante.

Loup eut un sourire triste et hocha la tête.

— On a étudié ensemble à l'Académie militaire de Lilibé, avant qu'elle ne devienne reine. Elle se faisait appeler Maë pour que personne ne sache qu'elle était la princesse. C'était et c'est encore une bonne amie… ma meilleure amie. C'est à moi qu'elle s'est confiée quand elle a su qu'elle était enceinte. Elle n'avait participé à aucune bataille depuis la reprise de la guerre et tout le monde était trop préoccupé pour se rendre compte qu'elle ne quittait plus ses appartements. Quand elle m'a chargé de ta protection, seules deux personnes à part nous étaient au courant de ta naissance, Otalia, sa suivante, et Zoïrim, son ambassadeur ici présent.

Le petit elfe fit une courte révérence et Loup poursuivit :

— Elle m'avait demandé de choisir parmi tous les soldats celui que je jugeais le plus apte à te protéger. J'ai choisi Nina sans hésitation. On avait longtemps combattu ensemble et j'avais été son maître à l'Académie.

— Bon prof, commenta Nina en jouant nonchalamment avec ses couettes. Mais un peu trop imbu de lui-même, si tu veux mon avis.

Loup lui jeta un regard sévère, mais un sourire discret traversa son visage et il enchaîna :

— La première fois que je t'ai prise dans mes bras, tu étais tellement petite, tellement vulnérable, que je me suis juré de faire n'importe quoi pour te tenir loin de Taïs.

Novembre le regarda un moment et secoua la tête.

— Mais… tu avais quel âge?

— Disons que j'avais déjà vu passer plusieurs générations d'hommes, dit-il en riant.

— Mais… tu es beaucoup trop jeune! Tu as l'air à peine plus vieux que moi.

— La plupart des elfes arrêtent de vieillir vers l'âge de vingt ans.

— Ils arrêtent de vieillir? Donc vous êtes… on est… immortels?

— J'aimerais bien. Mais, même si les elfes sont beaucoup plus résistants que les humains, personne n'est invincible. La plupart des elfes qui meurent sont tués au combat.

— Alors… vous avez quel âge?

— C'est très impoli de demander son âge à un elfe, dit Nina en riant. Si l'un d'eux te répond, ce qui m'étonnerait, soustrais quelques siècles et tu approcheras peut-être de la vérité.

— Vous avez quelques siècles?

— Quelques siècles et des poussières, fit Nina en haussant les épaules comme si elle avait arrêté de compter il y avait déjà quelques siècles, justement.

— Elle exagère, chuchota Loup avec une main en demi-porte-voix comme pour dire un secret à Novembre. Elle n'a même pas cent ans.

— Et toi? s'exclama Nina. Tu aimerais bien nous faire croire que tu as déjà accumulé des millénaires de sagesse malgré tes airs de gamin effronté, mais en réalité tu n'as même pas trois décennies de plus que moi.

Loup eut un bref éclat de rire, mais ne répliqua pas. Il observa Novembre dont le regard passait de Nina à lui et de lui à Nina. Elle fronçait les sourcils d'un air sceptique, un demi-sourire sur les lèvres comme si elle s'apprêtait à rire. Ses cousins ne pouvaient pas avoir quelques siècles ; c'était insensé. Mais elle se rendait maintenant compte à quel point aucun des deux ne semblait changer d'année en année. Chaque fois qu'elle rentrait pour les vacances de Noël ou d'été, elle se disait que, la dernière fois qu'elle les avait vus, ils étaient exactement pareils. Elle ne s'était toutefois jamais posé de questions. Comment aurait-elle pu se douter qu'ils ne vieillissaient pas, en réalité ?

Elle se tourna vers tatie Vivi et examina son visage, ses longs cheveux gris et ses yeux bleus qui se perdaient dans une mer de petites rides...

— Tu n'es donc pas ma vraie tante...

— Bien sûr que oui, je suis ta vraie tante ! Silmaëlle est bien ma sœur. Et j'ai déjà été une elfe, mais je suis une humaine, maintenant, une vraie, pas comme toi ou Nina ou Loup. J'ai renoncé à mon immortalité le jour où j'ai décidé de vivre avec ton oncle.

— Mais oncle Flo est mort, dit tout bas Novembre.

Cela lui paraissait horrible que sa tante ait choisi de vieillir et de mourir avec son oncle et qu'il soit mort si longtemps avant elle. Tatie Vivi s'avança au bout de son fauteuil pour poser une main sur la sienne.

— Cette vie est celle que j'ai choisie. Je voulais vivre avec ton oncle et j'ai décidé seule de rendre mon apparence humaine permanente... Mais veux-tu bien cesser de me regarder comme ça ! Florian a eu une belle et longue vie et je n'ai jamais regretté ma décision.

— Si je ne redeviens pas une elfe, je vais vieillir et mourir aussi ?

— Comme tous les humains, répondit Loup. Il n'y a pas de problème tant que ta croissance n'est pas terminée, mais, après, si tu ne reprends pas régulièrement ta forme originale, ton corps continuera de vieillir et tu ne pourras plus jamais redevenir une elfe.

Novembre se passa une main sur le visage et s'aperçut qu'elle tremblait encore. Toutes ses certitudes venaient de s'effondrer, comme si toute sa vie n'avait été qu'une illusion. Même si elle décidait d'oublier ce que Loup lui avait dit et de poursuivre sa vie d'humaine comme si de rien n'était, elle ne serait plus la même.

Elle ne serait plus Novembre. Et ses cousins, qui n'étaient même plus ses cousins, s'en retourneraient d'où ils étaient venus. Ils reprendraient leur ancienne vie là où ils l'avaient laissée.

— Comme ça, c'est ma mère qui vous a ordonné de passer quelques années de vos vies perpétuelles à protéger une pauvre petite fille sans défense.

— Non ! dit Nina en écarquillant les yeux. Enfin, oui, mais notre mission n'a rien à voir avec ce qu'on peut ressentir pour toi. Tu es vraiment comme notre petite sœur… Tu le sais, non ?

— Et je te jure que, même si on n'est pas vraiment frère et sœur, toutes nos disputes étaient bien réelles, renchérit Loup.

Il ajouta à l'adresse de Nina :

— Je regrette seulement qu'on n'ait pas grandi ensemble. J'aurais bien aimé te tirer les couettes une ou deux fois avant que tu puisses me battre à plate couture dans presque tous les sports.

— Pardon ? Qu'est-ce que tu veux dire par avant ? Je ne pense pas que tu aies jamais été meilleur que moi dans aucun sport.

— As-tu déjà oublié que c'est moi qui t'ai appris tout ce que tu sais ?

— Peut-être, mais l'élève a rapidement dépassé le maître. Tu disais toi-même que j'étais la meilleure de la classe et que j'allais bientôt te supplanter si je continuais comme ça.

— C'était pour t'encourager. De toute façon, le plus important, c'est la maîtrise de soi. Tu manques d'expérience; tu es encore jeune…

— Jeune? Je ne suis pas…

Mais Nina ne finit pas sa phrase. Novembre avait éclaté de rire et ne semblait plus pouvoir s'arrêter. Même que des larmes commençaient à couler sur ses joues. Puis, presque sans transition, les larmes prirent le dessus et les éclats de rire se transformèrent en sanglots. Elle cacha son visage dans ses mains. Elle détestait pleurer devant des gens et encore plus devant des inconnus. Nina la prit dans ses bras. Elle ne la repoussa pas.

— On pourrait remettre la suite à demain, proposa tatie Vivi.

— Non! fit Novembre en se levant d'un bond.

Nina fut projetée vers l'arrière et Loup se leva aussi, comme s'il craignait qu'elle ne disjoncte et ne se sauve en courant. Novembre sentit ses joues se mettre à chauffer. « Ressaisis-toi, s'admonesta-t-elle. Tu dois avoir l'air d'une vraie timbrée! » Elle se rassit et reprit un ton plus bas:

— Je veux savoir. Il faut que je sache. D'abord, qu'est-ce qui est arrivé à ma mère et est-ce qu'elle va s'en remettre ?

Zoïrim leva sa petite tête bleu ciel vers Novembre, qui venait d'avaler toute sa tisane d'un trait, feuilles et pétales inclus, dans l'espoir que ça la fasse arrêter de trembler.

— Il est malheureusement trop tôt pour nous prononcer, Altesse. La reine, votre mère, semble plongée dans un profond sommeil d'où elle ne peut émerger. Selon les témoignages des soldats qui l'accompagnaient lors de son dernier combat contre Taïs, il semblerait que cette scélérate ait réussi, par on ne sait quel prodige, à lui soutirer sa lumière.

Il se tut et baissa la tête, ses petites mains vertes croisées dans son dos. Novembre essayait de mettre de l'ordre dans ce qu'il venait de lui dire.

— Sa quoi ? finit-elle par demander.

Zoïrim releva la tête, mais ne sembla pas bien comprendre la question.

— Sa lumière, répondit Loup. Sa force, son énergie vitale. En fait, je crois que tu ne pourras pas vraiment comprendre ce que c'est tant que tu n'en feras pas l'expérience. Je te ferais bien une démonstration, mais mon corps d'humain ne me le permet pas. Zoïrim, tu pourrais nous montrer de quoi tu es capable ?

— Avec plaisir, répondit l'elfe avec un sourire qui creusa de petites fossettes dans ses joues.

Il regarda autour de lui et tatie Vivi s'empressa d'ôter le plateau qui contenait maintenant leurs quatre tasses vides.

— Tiens, dit-elle après être allée chercher une vieille salière de verre. Essaie là-dessus.

Elle la déposa à un bout de la table et Zoïrim se plaça à l'autre bout. Il forma une coupe avec ses mains et une perle de lumière bleue apparut au creux de ses paumes. Les yeux de Novembre s'arrondirent. On aurait dit une ampoule colorée branchée à même la peau verte de ses mains.

La perle se déforma et s'enfla jusqu'à atteindre la taille d'un ballon de plage qui se mit à tourner sur lui-même, éclairant les murs de reflets mouvants. Le ballon s'étira et se transforma en un long vortex tourbillonnant qui s'éleva jusqu'au plafond, faisant dangereusement valser la lampe suspendue. Tatie Vivi émit un grognement et Zoïrim s'empressa de ralentir le mouvement de sa tornade, qui s'écrasa sur elle-même. Il ne restait plus qu'une petite bille étincelante sur laquelle il referma les doigts.

Il se retourna pour faire face à la salière et bang ! un faisceau lumineux jaillit de sa paume et alla fracasser le verre, répandant une mare de sel sur le bois verni de la table à café.

Novembre ne put retenir un cri. Incrédule, elle passa un doigt dans les grains de sel qui avaient été projetés loin des éclats de verre. Zoïrim s'approcha d'elle et frôla le dos de ses phalanges du bout de son index, qui scintillait maintenant comme une étoile. La lumière bleue se répandit sur la main de Novembre, monta le long de son bras et l'enveloppa comme une écharpe avant de glisser sur le reste de son corps. Elle avait l'impression de flotter dans un nuage. Puis le nuage s'effilocha et la lumière s'évapora. Elle battit des paupières.

— Waouh…

— Et ce n'était qu'une démo ! dit Nina. Si Zoïrim l'avait voulu, il aurait pu faire sauter le toit !

— N'exagérons rien, objecta l'elfe.

Il rougit légèrement. Compte tenu de sa peau verte, cela donnait un beau brun rougeâtre.

— Bientôt, poursuivit Nina, tu pourras faire tout ce que Zoïrim vient de faire.

— Et plus encore, ajouta Loup.

— Vous devez avoir un immense pouvoir, Altesse.

— Moi ?

— Votre mère en est du moins convaincue.

— Comment ?

— Selon elle, vous seule êtes en mesure de vaincre Taïs. C'est pourquoi je vous prie de nous suivre. Le sort d'Élimbrel repose entre vos mains.

4

LE SORT D'ÉLIMBREL

Novembre s'étira dans son lit. Le soleil matinal inondait sa chambre par la fenêtre ouverte et les oiseaux piaillaient. Elle repensa à sa soirée de la veille en se demandant si ce n'avait été qu'un rêve. Le petit elfe nommé Zoïrim avait dit qu'elle était la seule à pouvoir vaincre celle qui avait blessé sa mère. Cela lui paraissait absurde, mais, comme hier encore elle ne croyait pas aux elfes…

Elle aurait aimé demander plus d'explications, mais elle s'était endormie presque tout de suite après la prestation de l'elfe. Elle pouvait encore sentir sa lumière lui chatouiller la peau et engourdir ses sens, mais sa fatigue était due à autre chose, elle en était certaine. La lumière de Zoïrim l'avait apaisée, pas assoupie. Au contraire, elle s'était presque sentie renaître, comme si une force vive s'était éveillée en elle.

Ce fut avec une certaine appréhension qu'elle mit ses pantoufles et descendit l'escalier. Sa tante et ses cousins bavardaient à table, une tasse de liquide fumant dans les mains. Nulle trace de l'elfe. Était-ce un rêve, alors ? Elle poussa un soupir et entra dans la salle à manger.

Au moment où elle s'apprêtait à ouvrir la bouche pour saluer sa famille, elle aperçut un minuscule pied vert. Il était là. L'elfe était là, assis en tailleur sur la nappe fleurie, à moitié caché derrière le carton de jus d'ananas, aussi vert et ailé qu'hier. Il grignotait une énorme framboise en arrachant les grains un à la fois. Le cœur de Novembre se mit à battre plus fort sans qu'elle sache si c'était de frayeur ou d'excitation.

Dès qu'il la vit, Zoïrim ouvrit les ailes et s'avança vers elle. Il se posa sur le dossier d'une chaise et se pencha vers l'avant.

— Bonjour, Altesse. Heureux de vous voir en pleine forme.

— Bonjour, Zoïrim. Vous savez, vous n'êtes pas obligé de vous incliner chaque fois que vous me voyez, ni de m'appeler Altesse. Pour tout vous dire, ça me gêne un peu.

— C'est bien, j'en tiendrai compte. Mais seulement si vous arrêtez de me vouvoyer.

— Marché conclu.

Zoïrim sourit et s'envola pour lui laisser la chaise. Elle s'assit et se versa un verre de jus.

— Bien dormi ? s'enquit tatie Vivi.

— Oui, à poings fermés.

— Bien. La tisane a fait effet.

Novembre avala son jus d'un trait et regarda sa tante.

— La tisane ? Tu avais mis quelque chose dans ma tisane ? Un somnifère ?

— Bien sûr que non ! Tu sais que j'ai horreur de ces machins artificiels. J'ai mis des plantes que Zoïrim a rapportées de Lilibé. Tu ne les connais pas. Pas encore.

Novembre sourit. Elle comprenait enfin où elle dégotait les ingrédients secrets des étranges potions qu'elle préparait tout le temps. Elle prit un muffin aux bananes. Pendant quelques minutes, elle fut la seule à manger, très consciente des quatre paires d'yeux braqués sur elle. Personne ne parlait, mais elle sentait une sorte de tension monter autour de la table, même si, en face d'elle, Nina continuait à sourire de toutes ses dents.

Comme d'habitude, ce fut Loup qui rompit le silence. Il s'éclaircit la gorge, but une gorgée de thé, se tourna vers Novembre et prononça son nom d'un air tellement solennel qu'elle hésita entre pouffer de rire et prendre ses jambes à son cou.

— Novembre, répéta-t-il, si Zoïrim est venu jusqu'ici hier, ce n'est pas seulement pour nous apprendre ce qui est arrivé à ta mère. En fait, il est venu nous chercher, Nina et moi, mais surtout toi.

Novembre se remémora les paroles de l'elfe et eut du mal à avaler sa bouchée.

— Silmaëlle est convaincue que toi seule peux vaincre Taïs, poursuivit Loup. Avant son départ, elle a confié à Otalia, sa suivante, que, si elle venait à tomber, ce serait à toi de combattre l'ennemie du royaume. Si tu le voulais, bien sûr. Elle ne t'aurait jamais forcée.

— Mais je ne comprends pas. Si ma mère croyait que j'étais la seule à pouvoir vaincre celle que vous appelez Taïs, pourquoi m'a-t-elle tenue à l'écart ? Elle aurait pu tout m'expliquer et me dire ce qu'elle attendait de moi elle-même, non ?

— Elle ne croyait jamais en arriver là. Elle croyait pouvoir vaincre Taïs par ses propres moyens. Elle a seulement averti Otalia que, si le pire devait arriver, tu serais probablement la seule à pouvoir le faire et ramener la paix en Élimbrel.

— Elle a aussi mentionné que vous possédiez un don unique, ajouta Zoïrim.

— Un don ? s'exclama Novembre en riant presque, tellement cela lui paraissait absurde. Quel don ?

— Je ne doute pas un instant qu'elle parlait de votre lumière. Avant son dernier combat contre Taïs, Silmaëlle possédait la lumière la plus puissante de tout Élimbrel. Elle croit sans doute que la vôtre sera aussi forte, sinon plus.

Novembre se contenta de lui adresser un regard sceptique.

— Silmaëlle est l'elfe la plus clairvoyante que je connaisse, dit Loup. Elle ne te demanderait pas de combattre Taïs si elle n'était pas convaincue que tu peux réussir. Elle a probablement vu quelque chose en toi ou en Taïs que personne d'autre n'a vu.

— Ça n'a pas empêché cette femme de lui voler sa lumière, répliqua Novembre.

— Elle est perspicace, pas indestructible. Mais son obstination surclasse toutes ses autres qualités. Il y a quelques jours, elle a insisté pour aller elle-même à la rencontre de Taïs avec à peine une cinquantaine de soldats pour assurer sa protection. Elle voulait seulement lui demander de signer un nouvel armistice ; elle ne croyait pas que Taïs l'attaquerait.

— Je crois, intervint tatie Vivi, que ma sœur ne voulait pas dire que tu es la seule et unique à pouvoir vaincre Taïs. Ce n'est pas une prophétie. Il n'y a rien de mystique là-dedans. Elle croit seulement que tu possèdes certaines qualités qui te permettront de rétablir la paix en Élimbrel, que ce soit en tuant Taïs ou autrement.

Novembre ouvrit de grands yeux horrifiés.

— Je n'ai l'intention de tuer personne!

Loup s'empressa de la rassurer.

— Et ce n'est pas ce que nous te demandons pour le moment. Même si tu choisis de revenir à Lilibé, tu n'es pas obligée d'aller combattre avec l'armée. De toute façon, si tu décides de nous aider, tu devras d'abord suivre un entraînement à l'Académie militaire. Ce sera seulement après qu'on déterminera ensemble, toi et moi, si tu es vraiment prête. On a même déjà commencé ta formation, Nina et moi. Toutes les séances de méditation, d'escrime et d'arts martiaux, tu crois que c'était seulement pour s'amuser?

Il fit une pause et lui sourit tristement.

— Taïs doit être défaite, Novembre. Avec ou sans toi. Ta mère n'est pas la seule à qui elle aurait dérobé sa lumière. Une bonne partie des soldats qui l'accompagnaient souffrent du même mal. On craint que Taïs ne se serve des lumières volées pour augmenter sa propre puissance. C'est pour cette raison qu'il faut agir vite, très vite. Mais, même si j'ai l'air de te forcer la main, je veux que tu te sentes libre de refuser. Tu peux choisir de rester ici. On ne t'en voudra pas, promis. Même qu'on comprendrait très bien.

Novembre lut l'angoisse sur son visage sans savoir s'il s'en faisait pour elle, pour sa mère ou pour Élimbrel. Son regard glissa ensuite vers Nina, souriante, mais visiblement anxieuse, puis vers tatie Vivi qui se mordillait la lèvre inférieure. Curieusement, l'inquiétude semblait adoucir ses traits et la rajeunir de dix ans. Novembre avait l'impression qu'elle et Nina aimeraient mieux qu'elle refuse, qu'elle reste en sécurité à la maison.

— Et vous? demanda-t-elle à ses cousins. Vous resterez avec moi?

Les yeux graves de Loup rencontrèrent ceux de Nina avant de revenir vers Novembre. Il secoua lentement la tête.

— Notre place n'est plus ici.

Novembre acquiesça. Elle connaissait déjà la réponse.

— Éléssan et Naïké sont deux des meilleurs soldats d'Élimbrel, dit Zoïrim.

— Loup et moi, précisa Nina devant la mine perplexe de Novembre. Dans notre langue, Loup s'appelle Éléssan ; ça veut dire loup rouge. Et moi je m'appelle Naïké, qu'on pourrait traduire par septième fille du vent. Poétique, je l'admets, mais un peu bizarre comme prénom humain. J'ai donc pris la liberté d'en choisir un autre.

— Tous les noms d'elfes veulent dire quelque chose ?

— Presque tous. Mais leur sens est parfois plus nébuleux. Comme Zoïrim, qui peut vouloir dire nuage orageux…

— J'opte toujours pour cette signification, dit l'elfe.

— … ou mouton colérique.

— Seulement quand on le prononce mal.

Novembre éclata de rire, mais se rendit compte que son rire avait quelque chose d'hystérique. Elle se força à se calmer. Elle tenta de réfléchir et se tourna vers Loup.

— Mais, si ma mère croit que je suis la seule qui peut vaincre Taïs et que je reste ici, qu'est-ce qui va se passer ?

Le sourire de Loup s'évanouit et ses yeux redevinrent durs.

— En unissant nos forces, on devrait quand même réussir.

— Et si j'accepte de vous suivre ?

— Comme je te le disais, tu suivras un entraînement intensif, tu apprendras à te battre et à maîtriser ta lumière, et, quand tu seras prête, on partira.

— Combattre Taïs ?

— Chez elle, en Shamguèn.

— Et si je n'y arrive pas, si je ne suis pas capable de maîtriser ma lumière ?

— Ça ne m'inquiète pas, dit Loup. Mais si tu ne peux ou ne veux pas partir avec l'armée pour quelque raison que ce soit, tu pourras rester à Lilibé et nous attendre. Ou même revenir ici. Prends le temps d'y penser.

— Non.

Loup arqua les sourcils.

— Non, répéta Novembre. Je n'y penserai pas. Je veux dire que je n'ai pas besoin d'y penser.

Elle avala sa salive. Elle savait que, même si elle y réfléchissait pendant des jours, la peur ne s'en irait pas. Même si elle refusait, elle n'oublierait rien de ce qu'elle avait entendu, elle y penserait constamment et ce serait encore pire. Elle regarda Loup. Il l'observait d'un air tellement sérieux qu'elle ne put retenir un sourire, malgré l'angoisse qui montait en elle. Elle haussa légèrement les épaules.

— Vous pensez vraiment que je vous laisserais partir sans moi ?

5

MÉTAMORPHOSE

Chloé sembla plus excitée qu'elle quand Novembre lui annonça qu'elle partait en voyage en Amérique du Sud avec ses cousins. C'était l'explication qu'elle avait donnée à son amie. Elle n'allait quand même pas lui révéler le plus naturellement du monde qu'elle était une elfe et qu'elle s'engageait en fait dans une mission périlleuse, non pas en Amérique du Sud, mais… mais où, au juste ? Elle n'avait aucune idée de l'endroit où se trouvait Élimbrel et n'avait même pas pensé à le demander.

Quand elle raccrocha, c'était déjà le milieu de l'après-midi et elle se sentait un peu honteuse d'avoir menti à sa meilleure amie ; mais ce n'était pas comme si elle avait eu le choix. Peut-être qu'elle pourrait lui dire la vérité à son retour. Si elle revenait…

Une boule se forma dans sa gorge. Elle se força à avaler sa salive, ramassa son jean laissé sur le plancher de sa chambre, sortit un t-shirt au hasard de sa garde-robe, prit des sous-vêtements dans le premier tiroir de sa commode et alla s'enfermer dans la salle de bain. Même s'il faisait trente degrés dehors, elle laissa l'eau bouillante de la douche couler sur ses cheveux et son visage pendant de longues minutes, beaucoup plus longues que ce que tatie Vivi tolérait normalement.

Quand elle sortit, accompagnée d'un nuage de vapeur et les cheveux enroulés dans une serviette, elle se sentait mieux, même si une peur sourde lui grignotait toujours l'intérieur. Elle descendit l'escalier pour ne pas rester seule avec ses pensées et vit Nina et tatie Vivi qui marchaient le long des allées de lilas, derrière la maison. Elle sortit les rejoindre en libérant ses cheveux bruns pour les laisser sécher au soleil. Normalement raides comme de la corde avec de discrets reflets auburn, ils paraissaient presque noirs quand ils étaient mouillés et formaient d'épaisses lianes qui lui tombaient jusqu'à la taille.

— Vous êtes seules? demanda-t-elle en les rattrapant.

— Oui, les gars sont partis en mission de reconnaissance, dit Nina.

— Ils évaluent le meilleur moyen de transport pour vous quatre, précisa tatie Vivi.

— Un moyen de transport? On y va en autobus, ou quoi?

— Non, non, probablement à dos d'oiseau ou de renard.

Nina éclata de rire et Novembre s'aperçut qu'elle les fixait la bouche ouverte. Tout lui paraissait tellement saugrenu qu'elle se demandait toujours si c'était la vérité ou une blague. Elle referma la bouche et demanda en se forçant à rire à quelle heure était prévu le prochain renard. Tatie Vivi ne sembla pas trouver sa plaisanterie très drôle. Elle haussa les sourcils.

— As-tu déjà hâte de me quitter?

— Non… mais je déteste attendre. Ça me rend nerveuse.

— Je sais, dit Nina, moi aussi. Mais je ne pense pas qu'on parte avant la nuit.

— Loup et Zoïrim devraient rentrer bientôt, dit tatie Vivi. Ce sont eux qui décideront du moment de votre métamorphose et de votre départ.

Sa métamorphose? Elle n'y avait même pas pensé. Une vague de panique l'assaillit.

— Comment je vais faire pour me transformer? C'est difficile? C'est douloureux?

Mais ses questions restèrent sans réponse.

Loup venait de surgir des bois, un magnifique papillon bleu ciel voletant à ses côtés.

— Ça va? demanda-t-il en s'arrêtant près d'elle.

Elle acquiesça par automatisme. Loup sourit.

— Bien. Rentrons. Il est temps que tu redeviennes l'elfe que tu es.

Novembre aimait bien la chambre de Loup. Pleine de plantes et de livres, elle avait quelque chose de paisible qui donnait envie de s'asseoir et de respirer. Seule une grande fenêtre éclairait la pièce à travers de minces rideaux orangés.

— Placez-vous ici, dit Loup en allant fermer le store. Mais restez debout, c'est plus facile.

Il ouvrit un tiroir de sa commode et en tira une petite boule de tissu qu'il remit à Novembre. Elle la prit en silence et la boule se défit dès qu'elle ouvrit la main. Elle écarquilla les yeux. Elle tenait une minuscule robe jaune et un petit short assorti qui auraient pu faire à une poupée Barbie.

— Pour tout à l'heure, dit Loup. C'est ta mère qui me les a confiés pour toi. Garde-les dans ta main et essaie de ne pas les laisser tomber.

— Oh, arrête ! dit Nina. Tu dois bien être la seule personne au monde qui parvient à ne pas laisser tomber ses vêtements d'elfe pendant une métamorphose.

Elle sourit à Novembre et extirpa de la poche de son jean une robe et un short vert bouteille encore plus petits que les siens. Même sous sa forme humaine, elle était minuscule, ce qui ne l'empêchait pas d'être plus forte, plus rapide et plus endurante que Novembre, qui la dépassait pourtant d'une bonne tête depuis au moins l'âge de onze ans.

— Ça va faire drôle de te voir porter autre chose que l'habit militaire, dit Loup en riant.

— C'est toi qui voulais qu'on passe inaperçus ! Oh, et puis, contente-toi de nous guider.

Elle enferma la robe dans son poing et se mit à sautiller sur place, comme si elle se préparait pour un combat de boxe. Novembre essaya de se détendre, mais son cœur refusait de ralentir.

— Tu vas voir, lui dit Loup, ce n'est pas bien sorcier. Même sous cette apparence, tu es bien une elfe. Et je suis là pour t'aider. La transformation dans l'autre sens est beaucoup plus difficile. La multiplication cellulaire accélérée requiert un niveau de concentration très…

— Oh, ça va, la leçon de bio, le coupa Nina en cessant de sautiller pour lui faire les gros yeux.

Loup ouvrit la bouche pour répliquer, mais sembla décider que le moment était mal choisi pour se chamailler et se contenta d'ajouter :

— Essaie de vider ton esprit, comme quand on médite.

Novembre ferma les yeux, mais les rouvrit aussitôt. Elle avait l'impression de se trouver sur un bateau pris dans une tempête. Loup dut s'en rendre compte, car il s'avança et plaça ses paumes sur ses tempes, comme il le faisait parfois quand il l'obligeait à méditer avec lui. Il ferma les yeux et Novembre vit les petites perles de ses pupilles courir sous ses paupières avant de disparaître sous ses arcades sourcilières. Elle se força à ralentir sa respiration, mais attendit que sa tête arrête de tourner avant de refermer les yeux.

D'une voix calme, Loup les invita d'abord à imaginer un halo de lumière tout autour d'elles. C'était presque toujours ainsi qu'il commençait quand ils méditaient ensemble et, comme d'habitude, Novembre voyait un nuage de lumière blanche sortir et rentrer par tous les pores de sa peau, comme une vague éblouissante roulant au rythme de sa respiration. Sauf que cette fois elle sentait aussi la chaleur des mains de Loup sur ses tempes et devinait sa lumière, puissante et dorée, qui se mêlait à la sienne.

Elle vit leurs lumières grandir, se déployer et les envelopper, de plus en plus brillantes. Elle eut envie d'ouvrir les yeux pour voir si elles étaient réelles, mais Loup la força à rester concentrée, non pas avec des mots ou des gestes, mais comme si sa volonté était aussi la sienne. C'était la sensation la plus étrange qu'elle ait jamais connue. Leur esprit semblait se mêler en même temps que leurs lumières.

Il leur dit de canaliser toute leur attention sur leur ventre, juste en dessous du nombril, et Novembre savait, parce Loup savait, que c'était le lieu d'origine de leur lumière, que tout partait d'un point minuscule situé au creux de leurs entrailles. Il leur dit de chercher à rejoindre ce point, comme si tout leur corps ne tenait qu'en lui, et elle sentit son esprit peser sur le sien pour le comprimer. Elle crut d'abord qu'elle suffoquait, puis cette sensation s'estompa pour faire place à un sentiment de grandeur et de liberté qui lui donnait l'impression que tout était possible.

Les mains de Loup quittèrent ses tempes, mais elle sentait toujours sa présence à ses côtés et dans sa tête. Ce fut alors que quelque chose de vaste, de léger, de puissant et de fragile à la fois jaillit d'entre ses omoplates ainsi qu'un oiseau hors d'une cage. Ses ailes ! C'était ses ailes ! Elle voulut y toucher, les voir, mais Loup l'en empêcha silencieusement et la poussa à reporter son attention sur sa transformation inachevée.

Son esprit prenait de l'expansion. Ses sens s'affûtaient. Elle était consciente de chaque parcelle de son corps, des ongles de ses orteils au bout de ses cheveux. Elle sentait le sang couler dans ses veines et une légère couche de duvet pousser sur ses ailes fraîchement écloses. Lentement, sa lumière diminua et revint vers son point d'origine. La sensation d'ivresse s'atténua et l'esprit de Loup s'éloigna, jusqu'à devenir inaccessible.

Elle ouvrit les yeux, mais ne vit rien. Tout était noir et elle avait du mal à respirer, comme si l'air était devenu plus dense, plus humide, presque visqueux. Une fraction de seconde plus tard, elle s'écrasait sur le plancher et l'air retrouvait sa consistance normale.

— Ouch !

Sa voix était différente, plus haute, plus claire.

— Ça va ? demanda Loup.

— Euh… oui, je crois, je… je m'habille et je sors.

Ensevelie sous l'amoncellement de ses vêtements humains démesurément grands maintenant, elle écarquilla les yeux pour tenter de percer les ténèbres qui l'entouraient. En avançant à quatre pattes, elle chercha sa petite robe à tâtons. Elle palpa d'abord le métal froid de la fermeture éclair de son pantalon, puis le tissu souple et mince des poches. Ses yeux s'habituèrent rapidement à la pénombre et elle put bientôt discerner les lourds plis du jean froissé qui s'était affaissé partout autour d'elle, ainsi que ceux plus légers de son t-shirt. Elle arrivait même à voir les innombrables fibres de coton qui formaient chacun des fils et les fines lames de lumière qui passaient à travers.

Sa robe et son short formaient une petite boule jaune près de l'énorme bouton cuivré de son pantalon. Elle les ramassa et tint la robe à bout de bras devant elle. Sa peau attira immédiatement son attention. Elle était verte. Complètement verte. Un doux vert pomme qui tirait sur le kaki aux coudes et aux genoux.

Elle fit jouer ses doigts, plia et déplia les bras, approcha un poignet pour observer les fines veines bleutées qui couraient sous sa peau... Incroyable! Un sourire s'étendit sur son visage. Elle avait hâte de se voir dans le miroir. Soudain impatiente, elle se dépêcha d'enfiler le short, reprit sa robe, passa les bras dans les manches et la tête dans l'encolure, mais une douleur inattendue, comme si quelqu'un lui avait tiré la peau du dos, l'empêcha de continuer.

Et elle se rappela. « Mes ailes ! » À cette pensée, elle les sentit frémir dans son dos. Elle retira la robe et faillit se tordre le cou en tournant la tête pour les voir. Comme Zoïrim, elle avait deux grandes ailes supérieures et deux ailes inférieures plus petites, sauf que les siennes se terminaient par une pointe, longue et étroite en haut, courte et arrondie en bas. Le duvet qui les recouvrait, couleur crème et sillonné d'arabesques rouge cerise, semblait aussi doux que celui d'un poussin.

Elle tendit une main pour y toucher et sursauta en sentant la pression de ses doigts sur ses nerfs. Elle s'était presque attendue à ce que ce soit comme les ailes artificielles qu'elle mettait quand elle était enfant. Mais elle pouvait sentir la tiédeur de ses doigts à travers le duvet, ainsi que la dureté de ses ongles qui glissaient sur la peau et les muscles chatouilleux. Elle fut prise de frissons. Elle aurait trouvé plus normal de ne rien sentir du tout. Pour son cerveau d'humaine, c'était comme d'avoir de la sensation dans les cheveux.

Elle se pencha pour ramasser sa robe et prit conscience du léger poids qu'elles exerçaient dans son dos. Ce n'était pas assez lourd pour la déséquilibrer, mais elle avait l'impression d'avoir quelque chose de collé entre les omoplates. Elle examina sa robe et vit qu'il y avait deux fentes verticales dans le dos. Confiante, elle la repassa par-dessus sa tête, mais la robe bloqua encore… et encore…

— Tu veux un coup de main ? demanda Nina au bout d'un moment.

C'était toujours sa voix, mais ses intonations semblaient plus subtiles qu'avant, comme un chant d'oiseau. Novembre réessaya une dernière fois avant de se rendre à l'évidence. Peu importait la façon dont elle s'y prenait, ses ailes refusaient d'entrer dans les fentes.

— Comment je fais pour enfiler ce bout de tissu avec les énormes trucs dans mon dos ?

— Les ouvertures verticales vont en arrière.

— Sérieux ? Je croyais qu'elles allaient devant…

Loup et Nina pouffèrent.

— Tu dois replier tes ailes et les passer dedans, dit Nina.

— Qu'est-ce que tu crois que j'essaie de faire ?

— Tes muscles doivent être engourdis, c'est tout. Tu veux de l'aide ?

— Non non, ça va, je réessaie.

Novembre se concentra sur les muscles de ses ailes pour les enrouler comme elle avait vu Zoïrim le faire, mais ce fut peine perdue. Elle n'arrivait même pas à les faire remuer. Frustrée, elle jeta sa robe et s'assit en prenant ses genoux dans ses bras, histoire d'amasser suffisamment d'humilité pour appeler Nina. Sauf que ses fesses n'avaient pas touché le sol qu'un cri de surprise lui échappait. Elles avaient bougé ! Ses ailes avaient bougé ! Comme elle, elles s'étaient repliées sur elles-mêmes pour former quatre cônes serrés. Elle n'osait pas se relever de peur qu'elles s'ouvrent à nouveau. Mais, comme elle ne pouvait pas passer sa vie accroupie et à moitié nue, elle contracta tous ses muscles en espérant que ceux des ailes suivent et se leva lentement.

Elle se dépêcha ensuite d'enfiler la robe en se contorsionnant pour faire entrer ses ailes dans les fentes, ajusta l'élastique autour de ses côtes ainsi que les bretelles sur ses épaules, et sortit. Elle dut se battre un instant avec ses vêtements humains avant de réussir à s'en extraire. Ce furent les couleurs qui la frappèrent en premier. Elle ne se souvenait pas que les plantes qui ornaient chaque coin de la chambre de Loup resplendissaient comme des émeraudes, ni que le plancher et les meubles de bois chatoyaient comme de l'or pur.

Le rire cristallin de Nina la tira de sa contemplation. Elle était perchée sur l'épaule de Loup et tous deux la regardaient en souriant. Nina se laissa tomber devant Novembre et ses ailes vert d'eau, striées de dessins brun-rose, se déployèrent pour ralentir sa chute. Elles s'enroulèrent ensuite lentement, une articulation à la fois, comme si elle s'amusait à en sentir les moindres mouvements. Elle avait tout de la Nina humaine que Novembre avait connue toute sa vie, sauf pour la couleur de sa peau, évidemment, de ses yeux qui luisaient maintenant d'un éclat mauve et encore plus décidé qu'avant et de ses cheveux si loin du châtain auquel elle était habituée. Les couettes compactes dans lesquelles elle les emprisonnait normalement s'étaient défaites pendant sa métamorphose et ils tombaient en lourdes vagues turquoise sur ses épaules, faisant ressortir la couleur impossible de ses yeux.

— C'est beau, hein ? dit-elle.

— Quoi ?

— Tout, avec tes yeux d'elfe.

— Oui, c'est…

Novembre fut incapable de terminer sa phrase. Les couleurs des objets qui l'entouraient semblaient si irréelles et en même temps si palpables qu'elle n'arrivait pas à les décrire. Tout était plus net et les contours des objets paraissaient plus tranchés. C'était comme si elle avait passé sa vie les yeux fermés.

Loup s'assit sur ses talons pour se rapprocher d'elle.

— Comment vont tes ailes? demanda-t-il d'une voix nasillarde qu'elle ne reconnut pas.

Elle entendait même le cliquetis de ses mâchoires et le sifflement de l'air qui passait entre ses dents. Elle observa son visage et retint un hoquet d'horreur. Chacun des pores de sa peau et des fins poils qui la recouvraient avait pris des proportions effroyables.

— J'ai réussi à les replier, mais je n'arrive pas à les rouvrir, répondit-elle en s'obligeant à cesser de le dévisager.

Quand elle ne le scrutait pas, son visage retrouvait son aspect habituel.

— C'est normal, dit-il. Tu n'es pas encore habituée.

— En tout cas, j'ai hâte de les voir grandes ouvertes, dit Nina en caressant les ailes, puis les longs cheveux droits de Novembre. Tes cheveux sont plus foncés que quand tu étais bébé; ils sont maintenant de la même couleur que ceux de ta mère, rouge sombre, sauf que les siens sont frisés.

Novembre sourit et glissa une mèche turquoise entre ses doigts.

— Toi qui te plaignais toujours de ta couleur! Je comprends pourquoi, maintenant.

— Attends de voir la tignasse de Loup. Orange comme le feu!

— Oui, dit le jeune homme, et j'aurais bien

aimé la conserver sous ma forme humaine, mais ta mère me l'a formellement interdit. Si vous voulez bien me donner une minute…

Il se redressa et les deux filles s'éloignèrent. Novembre était impatiente de voir à quoi ressemblait une métamorphose vue de l'extérieur. Yeux fermés, Loup resta immobile une minute, puis il agita doucement les doigts. Des étincelles dorées se mirent à danser sur ses mains, grimpant le long de ses bras, glissant sous ses manches et ressortant à la base de son cou. Il inclina la tête. Les étincelles se perdirent dans ses cheveux, recouvrirent son visage, se fondirent les unes dans les autres et voilèrent les contours de son corps.

À la place de Loup, il y avait maintenant une immense sphère dorée qui tournait lentement sur elle-même en jetant parfois de petites flammèches. L'éclat de la sphère s'affermissait de seconde en seconde et Novembre dut bientôt plisser les paupières. Elle avait les yeux qui brûlaient, mais refusait de les fermer. Des larmes se mirent à couler sur ses joues. Enfin, la lumière s'estompa et les vêtements de Loup redevinrent visibles. Ils semblaient suspendus dans les airs comme par magie, au milieu de ce qui ressemblait à un épais nuage de brume. Seul un point lumineux irradiait à travers son t-shirt.

L'éclat diminua encore et les vêtements vides s'affaissèrent. Le point lumineux continua à flotter sur place le temps que le brouillard se dissipe et s'approcha de Novembre et de Nina. La lumière dorée s'éteignit complètement au moment où Loup touchait le sol. Il avait déjà revêtu ses vêtements d'elfe sans que Novembre comprenne comment il s'y était pris et quatre ailes caramel, traversées de minces lignes de feu, s'enroulaient dans son dos.

— Ah ! s'exclama-t-il. Ça fait toujours du bien de regagner son vrai corps.

Son visage avait retrouvé son aspect lisse et sa voix était maintenant aussi chantante que celle de Nina. Novembre s'approcha pour toucher ses cheveux et eut presque peur de se brûler, tant ils ressemblaient à des flammes ondulant vers le ciel. Seuls ses yeux n'avaient pas changé ; ses cils étaient toujours aussi roux et ses iris, vert olive, à peine plus foncés que sa peau.

— Il faut se dépêcher, dit-il. Tu as encore beaucoup de choses à apprendre.

Une panique maintenant familière s'insinua dans l'estomac de Novembre, mais fit rapidement place à une joyeuse excitation quand Nina ajouta :

— D'abord, on va te montrer à voler comme un oiseau.

6
Départ

Novembre mit deux bonnes heures et une cinquantaine de sauts dans le vide du haut d'une commode accolée au lit avant de réussir à battre des ailes avec un minimum d'élégance. Elle tournoyait maintenant autour de Loup et de Nina et ne semblait plus pouvoir s'arrêter.

— Descends, dit Nina. Tu vas te fatiguer. Tes muscles ne sont pas encore assez forts.

— Juste une minute !

Elle fit encore quelques culbutes et finit par obéir parce qu'il était vrai qu'elle commençait à s'essouffler. L'atterrissage fut un peu raide, mais, au moins, elle ne retomba pas sur la tête comme cela lui était arrivé à quelques reprises.

— Vous en avez mis, du temps ! aboya tatie Vivi quand ils entrèrent dans la cuisine et se posèrent sur la table.

Elle avait son air sévère habituel, mais, quand elle vit Novembre, ses yeux s'embuèrent et elle resta paralysée une fraction de seconde avant de bafouiller un compliment sur ses ailes et ses cheveux. Pour se redonner contenance, elle ouvrit précipitamment le garde-manger dans lequel elle se mit à farfouiller.

— Vous devez être affamés, dit-elle, un pot de miel à la main. Tenez, ça vous ravigotera.

Elle remplit trois minuscules bols qu'elle déposa devant eux. Novembre suivit du regard la main de sa tante et se sentit soudain très petite. Son auriculaire était aussi gros qu'une de ses jambes à elle. Ce fut alors qu'elle aperçut son reflet dans la vieille théière argentée qui se trouvait sur la table. Elle ne s'était même pas encore regardée dans le miroir. Elle avait voulu le faire, mais la leçon de vol avait complètement chassé ce désir de ses pensées. Elle fit quelques pas vers la surface bombée et effleura son visage de ses dix doigts. Ses traits étaient déformés par la courbe du métal, mais elle était tout de même reconnaissable malgré la couleur verte de sa peau et le rouge de ses cheveux. Elle pouvait presque se dire que ce n'était que du maquillage et de la teinture. Son nez avait toujours cette bosse qu'elle détestait, mais qui, selon Chloé, faisait son charme.

Ses pommettes rondes et hautes continuaient à souligner la forme légèrement allongée de ses yeux. Elle se tourna de côté et vit ses ailes encore ouvertes entre ses omoplates. Elle se concentra et elles s'enroulèrent lentement sur elles-mêmes.

— Tu vas peut-être sursauter pendant quelques jours en voyant tes mains vertes, dit tatie Vivi en s'assoyant sur une chaise, mais ça te passera. J'ai toujours trouvé que ça t'allait bien, cette couleur. Le rouge vin aussi. Je trouve que ça illumine tes yeux.

Novembre s'approcha de la théière pour mieux voir ses yeux. Ses iris étaient gris, comme d'habitude, mais ils semblaient effectivement plus éclatants, comme s'ils émettaient leur propre lumière, et ses cils noirs brillaient maintenant de reflets rougeâtres. Elle était fascinée en même temps qu'effrayée.

— J'ai l'air d'une extraterrestre, murmura-t-elle.

— Mieux vaut avoir l'air d'une extraterrestre que d'une grenouille à perruque, décréta Nina derrière elle.

L'absurdité de cette remarque fit rire tout le monde. C'était vrai que, de l'endroit où elle se tenait, l'arrondi de la théière lui faisait un corps énorme surmonté d'une tête minuscule. Tatie

Vivi, comme à son habitude, fut la première à retrouver son sérieux. Elle agita un doigt au-dessus des bols de miel.

— Commencez. Qu'est-ce que vous attendez ? Qu'il cristallise sur place ?

Loup et Nina ne se le firent pas dire deux fois. Ils s'assirent directement sur la nappe, prirent leur portion et renversèrent la tête pour laisser le liquide doré couler dans leur bouche. Novembre jeta un dernier regard à son reflet avant de s'asseoir à son tour. Elle souleva son bol pour en humer le contenu. L'odeur envahit chaque recoin de son cerveau. Son nez d'elfe arrivait à distinguer chacune des fleurs qui avaient été butinées pour produire ce miel et, ce qui l'étonna encore plus, à les identifier même si elle ne les avait jamais vues.

Elle y trempa la langue et s'extasia de toutes les subtilités qu'elle n'avait jamais remarquées. Elle engloutit tout jusqu'à la dernière goutte et, la tête encore à moitié dans son bol, croisa le regard de Nina. Elles éclatèrent de rire. Elles avaient du miel partout.

Tatie Vivi secoua la tête en soupirant, mais un léger sourire étira ses lèvres minces et elle leur tendit une petite serviette humide qui aurait facilement pu leur servir de tente. Novembre et Nina en empoignèrent chacune un coin, tandis que Loup les observait en ricanant. Il n'avait pas la moindre molécule de miel au coin des lèvres. Novembre en était encore à se laver les doigts quand Zoïrim entra en coup de vent par la fenêtre ouverte en faisant voler les rideaux de dentelle. Il se posa près de Loup et lui chuchota quelque chose à l'oreille. Le visage de son interlocuteur s'éclaira d'abord, mais s'assombrit rapidement.

— Qu'est-ce qu'il y a ? demanda Nina.

— Deux renards ont accepté de nous porter jusqu'à la frontière d'Élimbrel, répondit Loup.

— C'est une bonne nouvelle. Pourquoi tu fais cette tête ?

— Parce qu'ils refusent de s'aventurer trop loin de leur territoire. Ils disent que trop des leurs ont disparu et ne sont jamais revenus.

— Ils croient que c'est Taïs ?

— Ils ne croient rien du tout, ils ont peur.

— Mais toi, tu crois que c'est Taïs.

Loup hocha la tête. Quant à Novembre, elle n'en croyait pas ses oreilles.

— Vous pensez que Taïs a attaqué ces renards ?

— C'est possible, répondit Loup. Mais je ne pense pas qu'elle les ait tués. La plupart des animaux sont demeurés fidèles à Élimbrel et elle les oblige probablement à travailler pour elle.

— Et c'est eux qui vous l'ont dit ? Enfin, pas eux, mais d'autres renards ?

— Ils l'ont dit à Zoïrim.

— On peut parler aux animaux ?

— Oui, dit Loup avec un sourire. Peu d'entre eux comprennent notre langue, mais on peut leur communiquer des émotions et comprendre les leurs.

— La chipie ! s'écria brusquement Nina qui n'avait pas suivi le reste de la conversation. S'en prendre à d'innocents animaux sans défense…

— Rien n'est certain, dit Loup. On en apprendra peut-être plus à Lilibé.

— Elle ne perd rien pour attendre, continua Nina. Je vous jure que je n'hésiterai pas à la tuer si j'en ai la chance.

Novembre ne l'avait jamais vue aussi furieuse. Elle lui faisait même un peu peur.

— Calme-toi, dit Loup. Tu en auras peut-être bientôt l'occasion.

Ses yeux se posèrent sur Novembre et il eut un sourire triste. Elle savait ce qu'il pensait et baissa la tête. Ce serait probablement à elle de tuer Taïs.

— Bon ! enchaîna-t-il en reprenant un air professionnel. Il reste une dernière chose à régler avant de partir. J'en ai parlé avec Zoïrim et nous croyons que ton identité devrait demeurer secrète. Taïs peut avoir des espions en Élimbrel, et même à Lilibé. C'est peu probable, mais il vaut mieux ne pas prendre de risques. C'est pourquoi on va devoir t'inventer une histoire.

— Quoi ? Une autre encore que celle que vous m'avez débitée hier ? Ça va m'en faire beaucoup à retenir…

— C'est vrai, mais on n'a pas le choix. Tâche de ne pas mélanger la vraie version avec la fausse !

Il regarda au plafond pour réfléchir et commença, avec l'aide de Nina, de tatie Vivi et de Zoïrim, à composer l'histoire de la vie de Novembre… ou plutôt d'Aïnako, puisque, dès qu'elle passerait le seuil de la maison, ce serait ainsi que tout le monde l'appellerait. C'était son vrai nom, mais, comme personne ne savait que Silmaëlle avait eu un enfant, Loup estimait qu'elle pouvait l'utiliser sans problème. Elle viendrait d'un petit village situé près de la frontière nord d'Élimbrel et aurait récemment décidé de quitter le foyer familial et de s'enrôler dans l'armée pour défendre la reine et le royaume.

En route vers Lilibé, elle aurait fait la connaissance de deux soldats, soit Nina et lui – ou Naïké et Éléssan, comme elle devrait les appeler –, partis depuis plusieurs années se ressourcer et méditer en paix, loin de toute vie autre qu'animale ou végétale. Ces guerriers se seraient rapidement pris d'amitié pour elle et auraient justement décidé de l'accompagner jusqu'à Lilibé quand Zoïrim serait arrivé pour leur apprendre le malheur qui venait de frapper la reine.

À la fin, Loup ajouta quand même qu'elle pouvait tout modifier si elle se sentait plus à l'aise avec ses propres créations, mais Novembre l'assura que c'était parfait ainsi. Il lui fit alors répéter, répéter et répéter encore toute son histoire, en lui posant des questions inattendues sur sa vie antérieure à leur prétendue rencontre, qui l'obligèrent à faire preuve d'imagination. Il corrigeait ses perceptions fausses, tout en s'évertuant à l'initier à la culture de leur peuple. L'exercice se poursuivit jusqu'à ce qu'elle lui lance, excédée :

— Ça va, Loup !

— Éléssan, corrigea-t-il avec un sourire moqueur.

— Je crois que mon cerveau a emmagasiné tout ce qu'il pouvait pour ce soir.

— De toute façon, dit Zoïrim, il se fait tard. Nous devrions partir.

Loup regarda dehors. La nuit commençait à tomber. Il se tourna vers Novembre.

— Prête ?

Elle se sentit blêmir, mais se força à prendre

une grande inspiration. Elle s'apprêtait à répondre oui quand une pensée la frappa.

— Mais non ! s'écria-t-elle.

— Quoi ? demandèrent Loup et Nina, soudain aussi affolés qu'elle.

— Je ne connais pas la langue. Tout le monde va bien se rendre compte que je ne suis pas une vraie elfe si je ne parle pas la même langue qu'eux.

— Mais tu es une vraie elfe, dit Nina.

— Vous savez ce que je veux dire.

— Oui et tu n'as pas à t'en faire, dit Loup en riant légèrement.

— Comment ça ?

— Tu parles déjà la langue. En fait, tu n'as pas dit un mot de français depuis ta métamorphose. Ta mémoire d'elfe te revient graduellement.

Novembre le regarda en essayant de déterminer s'il était sérieux.

— Euh... C'est une blague ? Parce que je n'ai pas du tout l'impression...

Mais, en écoutant les sons qui sortaient de sa bouche, elle s'aperçut que sa voix avait les mêmes accents chantants qu'elle avait entendus la veille de la bouche de Zoïrim. Cette constatation la laissa pantoise. Nina éclata de rire et Loup eut un sourire en coin, l'air de dire : « Qu'est-ce que je t'avais dit ? »

— Je vous attends dehors, souffla Zoïrim avant de s'éclipser par la fenêtre.

Novembre se tourna vers tatie Vivi, qui souriait en tentant de refouler ses larmes. C'était bizarre. Elle avait souvent rêvé de partir, de voyager, de vivre des péripéties dignes des meilleurs films d'aventure, mais, maintenant qu'elle partait réellement, qu'elle risquait de ne plus jamais revoir sa tante, elle avait seulement envie de se jeter dans ses bras et d'y rester.

Ce fut Loup qui lui dit au revoir en premier. Il s'envola pour être à la hauteur de son visage et lui murmura quelque chose à l'oreille qui la fit sourire. Il prit ensuite deux des trois minuscules sacs à bandoulière qui étaient posés sur le rebord de la fenêtre et alla rejoindre Zoïrim à l'extérieur.

Ce fut ensuite au tour de Nina, qui riait et pleurait en même temps. Elle posa ses petites mains sur un des longs doigts de tatie Vivi et lui promit qu'ils reviendraient tous la voir avant qu'elle ait le temps de s'ennuyer. Après quoi elle ouvrit les ailes pour l'embrasser sur la joue et sortit en accrochant le troisième sac à bandoulière.

Il ne restait plus que Novembre. En voyant les grands yeux bleus noyés de larmes de celle qui avait été comme sa mère toute sa vie, elle éclata en sanglots. Tatie Vivi la prit dans sa main et lui caressa les cheveux du bout des doigts. Elles se dirent les clichés habituels que deux personnes se disent quand elles se séparent sans savoir si elles se reverront un jour, mais ils étaient tous sincères; tellement que Novembre sentit sa résolution chanceler. Peut-être qu'elle pourrait rester là, après tout... Mais elle savait bien que c'était impossible. Les remords la rendraient folle. Elle se força donc à sourire, se passa les mains sur les joues pour essuyer le surplus de larmes, serra le pouce de sa tante dans ses bras et s'envola dans la nuit qui commençait à tomber.

7

La frontière d'Élimbrel

Nina faisait le guet près de la fenêtre. Quand Novembre sortit, elle lui sourit et l'entraîna vers les renards qui attendaient au bout du jardin, là où la forêt commençait. Novembre fut étonnée de constater à quel point ses yeux d'elfe voyaient clair dans la pénombre. Elle arrivait à distinguer chaque pétale de chaque fleur, ainsi que chacun des insectes qui grouillaient entre les cailloux. En fait, c'était comme si les cailloux eux-mêmes luisaient faiblement, d'une lueur à peine perceptible qui rappelait celle de la lune à travers la brume.

Zoïrim était déjà à cheval sur le plus grand des deux renards, le mâle. Nina alla s'asseoir derrière lui. Loup, qui caressait l'encolure de la femelle, fit signe à Novembre de se poser près de lui, dans les brins d'herbe qui leur arrivaient à la taille.

— Fais-lui comprendre que tu ne lui veux pas de mal. Les animaux sont très sensibles à nos intentions.

Novembre tendit la main, enfonça ses doigts dans la fourrure de la renarde et lui dit en silence qu'elle aimerait être son amie. La renarde ne réagit pas tout de suite, mais, quand elle émit une série de petits glapissements, Novembre comprit qu'elle avait décidé de lui faire confiance. Elle interrogea Loup du regard. Il lui fit signe d'y aller et elle ouvrit les ailes pour se poser sur le dos de l'animal en faisant attention de ne pas lui tirer les poils.

Loup prit ses sacs et s'installa derrière elle. Les renards se mirent en mouvement. Novembre avait l'impression que sa petite taille accentuait l'effet de la vitesse et elle s'accrochait désespérément à la fourrure rousse, pendant que les renards filaient entre les troncs gigantesques, sautaient par-dessus des rochers, évitaient de justesse des trous aux allures de précipices…

Quand ils s'arrêtèrent enfin, elle se laissa dégringoler dans les cailloux et les brindilles qui jonchaient le sol de la forêt, la terreur lui ayant fait oublier qu'elle avait des ailes.

— Ouf! dit-elle avec un rire nerveux en balayant les mèches de cheveux qui s'étaient emmêlées devant son visage.

— La première chevauchée est toujours marquante, dit Loup en lui tendant une main pour l'aider à se relever.

Elle la prit et, légèrement titubante, alla gratter l'encolure de la renarde. Sa fourrure était douce et elle sentit la chaleur de son pouls régulier contre ses doigts. Elle la remercia de les avoir amenés sains et saufs à destination et essaya d'ajouter, avec une pointe d'humour, que la balade aurait quand même pu être un peu moins sportive. La renarde gémit doucement pour lui faire comprendre qu'elle avait seulement voulu voir si elle avait des tripes, même si elle ne savait pas parler aux animaux. Novembre se mit à rire et eut la certitude que la renarde riait avec elle.

Une fois les renards partis, Loup fit quelques pas et se retourna en écartant les bras.

— Élimbrel commence ici, dit-il à Novembre. Approche, je veux te montrer quelque chose.

Curieuse, elle alla se poster près de lui. Loup avait fermé les yeux, les bras toujours écartés et le visage tourné vers le haut. Novembre leva la tête, mais ne vit que les arbres, noirs contre le ciel noir. Elle allait demander ce qu'il voulait lui montrer quand elle sentit quelque chose, un courant d'air tiède, comme un léger chatouillement, mais pas sur sa peau, plutôt à l'intérieur de son corps ou, oui c'était bien cela, dans son esprit même.

— C'est la frontière d'Élimbrel, murmura Loup. C'est le tout premier roi qui a fait ériger ce mur de lumière invisible, il y a un peu plus de mille ans. Il sert seulement à informer les elfes qui le traversent qu'ils entrent au royaume ou qu'ils en sortent. Ce n'est pas un mur de protection comme celui de Lilibé.

Ils firent quelques pas et se retrouvèrent de l'autre côté. Zoïrim s'envola le premier et les autres suivirent. L'obscurité était plus dense au milieu des branches qu'entre les troncs, mais Novembre y voyait quand même très bien. Ils volèrent quelques minutes avant de se poser dans un arbre dont les longues racines serpentaient jusqu'à un petit cours d'eau.

— Nous nous installerons ici pour la nuit, dit Zoïrim.

Il ouvrit son sac et en sortit une couverture qu'il étendit dans un grand trou creusé dans le tronc, probablement un ancien nid de pic. Novembre y jeta un coup d'œil chargé d'appréhension et se tourna vers lui.

— Vous êtes certains que c'est le meilleur endroit ? Il n'y a pas d'insectes, là-dedans ? Je n'ai pas envie de me retrouver nez à nez avec une araignée aussi grosse que ma tête… ou que moi.

— N'ayez crainte, répondit Zoïrim. Je leur ai demandé de partir et d'avertir leurs semblables.

Novembre retint une grimace de dégoût. Les elfes pouvaient donc aussi communiquer avec les insectes ! Mais elle ne se voyait pas vraiment entreprendre de longues conversations avec quoi que ce soit qui risquait de lui répondre en agitant de grosses mandibules pointues.

— Altesse, chuchota Zoïrim lorsqu'ils furent tous à l'intérieur, je vous appellerai dorénavant par votre nom et devrai vous tutoyer même si l'étiquette ne me le permet pas, pour tromper les oreilles malveillantes. J'espère que vous me le pardonnerez.

Novembre réprima un fou rire.

— De toute façon, je vous avais déjà demandé de ne plus m'appeler Altesse.

— Et moi de cesser de me vouvoyer, ce que tu n'auras pas le choix de faire à compter de maintenant si nous ne voulons pas attirer les curieux et les ennuis qui viennent généralement avec. Peu d'elfes sont habitués à entendre de telles marques de politesse. J'ai aussi remarqué que tu continuais d'appeler Éléssan et Naïké par leur nom humain, même si tu parles notre langue. Tu dois absolument commencer à utiliser leur nom d'elfe. Si quelqu'un t'entend, cela risque de tout compromettre.

Novembre acquiesça. Elle comprenait, mais elle avait du mal à s'habituer au nouveau nom de ses amis, presque plus qu'au sien. En les appelant par leur nom d'elfe, elle avait l'impression de s'adresser à des inconnus.

Zoïrim distribua le repas, une amande salée et un raisin sec chacun, pendant que Nina et Loup se défaisaient d'un long paquet qu'ils avaient camouflé sous leurs énormes sacs.

— Qu'est-ce que vous cachez là-dedans? demanda Novembre entre deux bouchées de raisin.

— Nos épées, répondit fièrement Nina. Tu veux voir?

Sans attendre, elle défit les attaches de son paquet. Un fourreau d'argent tout décoré de gravures délicates apparut et, doucement, elle tira la lame hors de sa gaine. Novembre s'attendait à une épée d'acier comme dans les films, mais la garde argentée était plutôt surmontée d'une épaisse lame de rubis aux éclatants reflets fuchsia. Elle ne put qu'émettre un faible oh! devant ce qui s'avérait le premier rubis, même la première vraie pierre précieuse qu'elle voyait d'aussi près. Nina souffla:

— Je sais, j'ai trop hâte de l'utiliser.

Elle vit l'expression choquée de Novembre et s'empressa d'ajouter:

— Pas pour tuer! C'est vrai que, dans une

bataille, le tranchant de la lame est souvent mis à forte contribution, mais l'épée sert d'abord et avant tout à catalyser la lumière, à la concentrer et à la diriger vers un objectif précis.

Elle avait récité sa tirade comme une leçon apprise par cœur. Elle posa l'épée en équilibre sur son index, tout près de la garde, et Novembre remarqua que la poignée était couverte de minuscules pierres rondes de la même teinte que la lame.

— C'est la même pierre, dit Nina. Elle a été taillée comme ça pour que la lumière puisse se transmettre jusqu'au bout de la lame. Je n'ai jamais eu d'autre épée que celle-là. Je l'ai fait aiguiser quelques fois, mais elle ne s'est jamais brisée. C'est la lumière qui l'empêche d'éclater quand on la cogne contre quelque chose de dur, comme une autre lame.

— Et moi ? Je vais avoir une épée ?

— Bien sûr ! Tu es la prin…

Mais Nina s'interrompit devant les regards de Loup et de Zoïrim.

— Ton épée t'attend déjà à Lilibé, Aïnako, murmura Loup.

— Tu l'as vue ? Elle est comment ?

— Nous ne pouvons t'en dire plus pour le moment, se hâta de répondre Zoïrim.

— Pourquoi ? Qu'est-ce qu'elle a, mon épée ?

— Rien, ne t'en fais pas, dit Loup. On te la donnera quand on sera à Lilibé.

— Bon, d'accord. Et toi, Loup, euh... Éléssan, on peut voir la tienne ?

Il sembla hésiter un moment, mais finit par céder. Il posa son épée sur ses genoux et la déballa avec des gestes lents, comme s'il craignait de la briser. Il referma ensuite les doigts sur la poignée dorée et fit glisser la lame. Novembre crut d'abord qu'elle était aussi limpide que de l'eau, mais, quand il la fit pivoter et qu'elle accrocha un rayon de lune, elle vit qu'elle était taillée dans un cristal de topaze mordoré.

— De la même couleur que ta lumière, chuchota-t-elle.

Loup sourit à travers la lame :

— Plus la couleur de la pierre approche celle de la lumière, mieux elle la conduit.

— Vous devriez ranger vos épées, dit Zoïrim en jetant un regard à l'extérieur. Je ne voudrais pas que quelqu'un les voie.

— Mais il n'y a personne ici, protesta Nina.

— Zoïrim a raison, dit Loup. De toute façon, on devrait déjà être en train de dormir.

Nina finit par adopter leur point de vue et ils se couchèrent. Novembre tenta de s'étendre sur le dos, mais ses ailes l'obligeaient à bomber le torse. Elle remarqua que les trois autres avaient complètement déplié les leurs pour s'en envelopper comme des chauves-souris et décida de les imiter. Après avoir lutté quelques secondes pour parvenir à les recourber vers l'avant, elle se retrouva emmitouflée dans une couverture rigide, mais chaude et tapissée de duvet soyeux.

Elle pensa à son lit qui lui semblait si loin et dans lequel elle n'avait dormi qu'une nuit depuis la fin des cours. Elle qui projetait de passer tout l'été à entretenir le jardin avec tatie Vivi, à sortir avec Chloé, à aller camper avec Loup et Nina, à cueillir les fraises, les framboises et les mûres dans les fermes du coin... Mais tatie Vivi allait devoir s'occuper toute seule de son jardin. Et qui allait manger tous ses légumes, maintenant que ni elle, ni Nina, ni Loup n'étaient là ?

Elle sentit les larmes lui monter aux yeux et serra les paupières en essayant d'arrêter de penser. Elle se força à écouter les bruits de la forêt, le coassement des ouaouarons, le grattement des mulots, le hululement des hiboux... Il n'y avait pas le moindre souffle de vent et tous les sons paraissaient grossis, effrayants. À cet instant, elle aurait donné n'importe quoi pour avoir son lecteur MP3. Elle ouvrit les yeux et vit Nina qui l'observait en souriant. Dans la pénombre, sa peau verte et ses cheveux turquoise semblaient presque avoir retrouvé leur couleur normale, leur couleur humaine.

Elle se força à lui rendre son sourire et referma les yeux en se répétant qu'elle n'était pas toute seule; Loup et Nina étaient avec elle et elle pouvait entendre leur respiration. Elle essaya de calquer son souffle sur celui de Loup, lent et régulier. Elle s'évertua à faire abstraction de tout le reste et, lentement, l'épuisement de la journée finit par avoir raison de son esprit agité.

8

L'ELFE AUX CHEVEUX ROSES

— Novembre ! Novembre, réveille-toi.

— Il n'y a pas de Novembre ici, marmonna-t-elle en tournant le dos à Naïké qui la secouait.

— C'est vrai. Aïnako, réveille-toi, il faut qu'on parte.

— Déjà ?

Elle avait étonnamment bien dormi. Quand elle s'assit sur ses talons et qu'elle vit ses mains vertes posées sur ses cuisses tout aussi vertes, elle ne sursauta même pas, ou à peine.

— Les autres nous attendent dehors pour manger, dit Naïké en séparant ses cheveux turquoise pour les attacher de chaque côté de sa tête.

Une minute plus tard, elles s'élançaient en même temps dans l'air ensoleillé du matin.

— Ah ! Aïnako ! s'exclama Zoïrim quand elle se posa près de lui en butant contre ses propres pieds. Tu voles comme si tu avais fait ça toute ta vie !

Aïnako sourit. Même son nouveau nom ne lui paraissait plus aussi bizarre.

— Disons que ma technique laisse encore à désirer, mais Éléssan et Naïké sont de bons professeurs.

Les nouveaux noms de ses amis sonnaient presque normaux, eux aussi.

— C'est parce que le vol est inscrit dans tes gènes, Aïnako, dit son ancien cousin en lui tendant une petite feuille de peuplier recouverte de marmelade. Comme la langue.

La feuille était deux fois plus grosse que sa tête et elle eut un peu de mal à laisser couler les fruits dans sa bouche. Quand ils furent tous rassasiés, ils allèrent se débarbouiller au ruisseau qui coulait non loin de l'arbre. Ils s'envolèrent ensuite en direction de Lilibé. Aïnako exécuta plusieurs pirouettes maladroites, mais elle fut ravie de voir ses ailes se plier à ses volontés sans qu'elle ait besoin d'y penser.

Ils volèrent ainsi pendant quelques heures, en se donnant parfois un élan sur une branche ou en se laissant porter par le vent. Les ailes d'Aïnako se mirent bientôt à la brûler, mais elle s'amusait beaucoup trop pour s'en plaindre. Elle entendait pour la première fois le nom d'Élimbrel dans le vent qui faisait danser les feuilles, contournait les arbres, glissait sur les pierres et l'herbe, chatouillait sa peau et mêlait ses cheveux. C'était la symphonie de tous ces sons, amplifiés et décortiqués par son ouïe d'elfe, qui donnait l'impression, avec un peu d'imagination, d'entendre des murmures et des chuchotements.

— On pourrait demander à d'autres animaux de nous porter jusqu'à Lilibé, non? demanda Naïké après diverses acrobaties entre les feuilles d'un énorme érable. À ce rythme, on n'arrivera jamais avant la nuit.

Éléssan qui allait en tête se retourna pour planer sur le dos.

— On arrivera bien avant la nuit. Sauf que je crois qu'on devrait s'arrêter à la rivière pour manger et boire un peu d'eau.

— La rivière? s'exclama Aïnako, légèrement essoufflée, en battant un peu plus fort des ailes pour le rattraper. Je ne pensais pas qu'il y avait une rivière dans cette partie de la forêt.

— Bien sûr qu'il y en a une! Écoute, répondit Éléssan, tout souriant, en exécutant quelques vrilles sur lui-même avant de lui prendre un coude pour l'aider à maintenir sa vitesse.

En effet, elle pouvait déjà entendre le murmure d'un cours d'eau. Ce n'aurait été qu'un tout petit ruisseau pour un humain, mais, quand on ne mesure qu'une douzaine de centimètres, tout paraît démesuré. Ce qu'elle n'avait jamais pris la peine de remarquer quand elle était humaine prenait tout à coup une telle importance qu'elle ne pouvait que s'étonner de n'y avoir jamais prêté attention. Il en allait ainsi des minuscules insectes qui parsemaient l'écorce des arbres, des grains de pollen microscopiques qui dansaient dans l'air, des innombrables ruisselets qui sillonnaient le sol et de bien d'autres choses encore.

La rivière fut bientôt en vue et ils se posèrent. Aïnako vit les trois autres se défaire de leurs sacs et se sentit un peu honteuse d'être la seule à n'avoir rien transporté. Elle avait bien offert à Éléssan de prendre celui de ses deux sacs qui contenait ses choses à elle, mais il avait catégoriquement refusé. Zoïrim ouvrit le sien et en sortit quelques fleurs de trèfle qu'il avait cueillies en chemin. Aïnako prit celle qu'il lui tendait et le remercia en se demandant ce qu'elle était censée en faire.

— Tu vas voir, c'est très bon, dit Naïké en tirant sur un pétale de sa propre fleur pour le mettre dans sa bouche.

Méfiante, Aïnako commença par humer sa fleur, qui sentait effectivement très bon, mais de là à la manger… Elle arracha tout de même un pétale, l'approcha de sa bouche et en prit une minuscule bouchée, prête à la recracher à la moindre saveur suspecte. Mais elle dut bien admettre que Naïké avait raison, c'était délicieux, pas trop sucré, juste assez piquant et sans arrière-goût de gazon comme elle l'avait craint.

Lorsqu'ils eurent dépouillé toutes les fleurs de leurs pétales, ils s'approchèrent du ruisseau et s'accroupirent pour boire dans leurs mains. L'eau était froide malgré la chaleur du soleil et Aïnako frissonna en sentant de petites gouttes couler le long de ses bras jusque sous ses aisselles. Elle tenta de voir son reflet dans l'eau, mais ne vit qu'une tache verte embrouillée. Elle frissonna encore et détourna les yeux. Devant elle, le courant n'était pas très fort, mais elle fut surprise de constater que, plus loin en aval, le ruisseau se transformait presque en rapides.

Elle se releva et mit une main en visière au-dessus de ses yeux. Les remous semblaient se rapprocher. En fait, ce n'était pas vraiment des rapides. On aurait plutôt dit que quelque chose remontait le courant à toute allure.

— Des poissons? demanda-t-elle à personne en particulier.

— Non, répondit Éléssan en fronçant les sourcils. Restez ici, je reviens tout de suite.

Il retira ses bottes et plongea dans l'eau.

— Éléss… fit Aïnako avec un geste pour le retenir.

Mais il avait déjà disparu. Naïké et Zoïrim se rapprochèrent d'elle.

— Qu'est-ce qu'il fait ? demanda-t-elle en tentant de voir quelque chose à travers l'eau tourbillonnante. Pourquoi est-ce qu'il veut qu'on reste ici ? On devrait aller l'aider.

— Éléssan sait ce qu'il fait, dit Naïké. Il n'est pas en danger.

Pourtant, elle aussi paraissait inquiète et Aïnako voyait bien que, la seule raison pour laquelle elle n'avait pas plongé à sa suite, c'était pour rester avec elle, pour la protéger. Et les remous continuaient à se rapprocher. Des queues en éventail commençaient à émerger de l'écume blanche, tellement nombreuses qu'elle se demanda comment les poissons faisaient pour ne pas se broyer les uns contre les autres. Le bruit des remous emplissait maintenant tout l'espace.

— D'accord, finit par dire Naïké. Peut-être qu'on devrait aller s'assurer qu'il va bien.

— J'y vais, dit Zoïrim.

Mais, au moment où il s'apprêtait à plonger, Éléssan refit surface et s'éleva haut dans les airs pour s'ébrouer en les aspergeant. Il se posa devant Aïnako, cheveux en pics sur la tête et vêtements gorgés d'eau. Il eut un sourire qui se voulait sans doute rassurant, mais qui ne parvenait pas à masquer une certaine perplexité.

— Ce ne sont pas des poissons, dit-il en se retournant pour faire face à l'eau, ce sont des ondins.

— Des quoi? demanda Aïnako dont la question résonna dans le silence soudain.

Les remous s'étaient tus et, d'un bout à l'autre du ruisseau, d'étranges créatures mi-elfe, mi-poisson les fixaient sans rien dire, comme si elles attendaient quelque chose. Le haut de leur corps avait la couleur du ciel, alors que le bas, en forme de queue de poisson, était tapissé d'écailles vertes et dorées qui scintillaient sous les vagues. La plupart avaient de longs cheveux noirs ou bruns qui tombaient sur leurs épaules et camouflaient presque entièrement leur torse. Certaines affichaient de petites dents pointues, trop nombreuses derrière leurs lèvres mauves.

— Éléssan ! tonna une voix grave au milieu du ruisseau. Je te croyais mort et me réjouis de te voir en pleine forme.

Éléssan sourit et s'inclina dans une profonde révérence.

— Majesté, c'est un honneur de vous revoir. J'ai cru comprendre que vous aviez ordonné la délocalisation de tout le peuple d'Uderlain. Puis-je vous en demander la raison ?

Celui qu'Éléssan avait appelé Majesté s'avança d'un coup de queue pour se placer juste devant les elfes. Son épaisse tignasse enroulée en une longue tresse sur le dessus de sa tête semblait faite d'algues verdâtres et deux minces branchies violacées fendaient son cou de chaque côté. Pour tous vêtements il portait un pagne de feuilles sombres et une couronne de coquillages blancs.

— Nous vivons une époque désordonnée, commença-t-il. J'ai entendu dire que des elfes avaient perdu leur lumière, j'ai vu des gnomes rôder sous le soleil de midi et les feux follets ne craignent plus ni pluie ni flots. C'est pour cette raison que nous quittons notre royaume. Des feux follets ont commencé à s'installer près de notre lac.

— Des feux follets ? s'étonna Éléssan. Voilà qui est inhabituel.

— À qui le dis-tu ! rétorqua le roi.

— Savez-vous s'ils s'y sont établis de façon permanente ?

— Selon toute apparence, oui. Ils sont arrivés par groupes de trois ou quatre et doivent être plus d'une centaine à l'heure qu'il est. Il y a même de petits feux follinets qui s'amusent dans les roseaux !

— Est-ce qu'ils allument des feux ?

— Tous les soirs, mais seulement de maigres feux chétifs. Juste de quoi se revivifier.

— Et que font-ils ?

— Rien. Mais ils ont l'air louche, comme tous les feux follets. Les territoires doivent être bien définis, sinon c'est le chaos. Les gnomes ne doivent pas s'exposer au soleil, les elfes ne doivent pas s'aventurer sous terre, les ondins ne doivent pas marcher sur le sol sec et les feux follets ne doivent pas s'approcher de l'eau.

— Leur avez-vous demandé pourquoi ils se sont installés près de votre lac ?

— Les ondins ne parlent pas aux feux follets. Nous n'avons pas tous ta confiance, Éléssan d'Élimbrel. Les ondins n'ont pas la force des elfes. Quand nous percevons un danger, nous fuyons. C'est le meilleur moyen de survivre.

— Il ne me reste donc plus qu'à vous souhaiter bonne chance, dit Éléssan en s'inclinant une seconde fois.

Le roi sortit de l'eau pour s'approcher de lui et Aïnako vit qu'elle s'était trompée. Ces curieuses créatures n'avaient pas de queue, mais des jambes recouvertes d'écailles de poisson qui se terminaient par deux longs pieds aux orteils palmés.

— Relève-toi, Éléssan. Tu es mon ami et non mon vassal.

Il se redressa et le roi, qui le dominait complètement par sa taille et sa corpulence, le serra contre lui en lui donnant de grandes tapes dans le dos, juste sous ses ailes repliées. Surpris, l'elfe faillit perdre l'équilibre.

— Transmets mon amitié à la reine Silmaëlle, dit le roi en le libérant.

Il promit et le roi replongea, ses pieds s'emboîtant si bien qu'ils ne formaient plus qu'une seule nageoire puissante. D'un même mouvement, les autres créatures se remirent en route. Une fois les derniers clapotis évanouis, Naïké se tourna vers Éléssan.

— Depuis quand es-tu l'ami de Lubu Pieds d'Orque ?

— Ça te surprend ?

— Un peu, admit Naïké. On dit qu'il déteste tout ce qui ne respire pas sous l'eau.

— Bah ! tu te fies trop aux on-dit. Il est méfiant, c'est tout, mais au fond c'est quelqu'un de très gentil.

— Euh, ça, c'est toi qui le dis, répliqua Naïké. Personnellement, je n'aimerais pas me retrouver seule au milieu d'un lac avec Lubu Pieds d'Orque.

— Ha ! ha ! fit Éléssan, tu le connais mal, c'est tout.

— C'est vrai que je n'ai pas le bonheur de compter parmi ses proches.

— Je ne sais pas si nous sommes proches, comme tu dis, mais disons que je l'ai connu bien avant qu'il ne prenne le patronyme de Pieds d'Orque. Il était prince héritier d'Uderlain, à l'époque, et son père l'avait chargé d'établir un lien avec Élimbrel. Il se rendait souvent à Lilibé pour s'entretenir avec Néréli, la grand-mère d'Aïnako, et n'avait pas le choix de faire une partie du trajet à pied.

— Je croyais que les ondins ne sortaient jamais de l'eau, dit Aïnako en se rappelant les paroles de Lubu Pieds d'Orque.

— C'est vrai qu'ils ne sont pas très habiles sur la terre ferme, mais ils peuvent marcher sur de courtes distances. Je crois que Lubu aimait bien se promener dans la forêt, du moins jusqu'à ce que des elfes sauvages s'en prennent à lui.

— Qu'est-ce qu'ils lui ont fait ?

— Rien de bien méchant, mais ils oublient facilement que tout le monde n'a pas leur sens de l'humour, disons, plutôt aiguisé. Ils sont comme d'éternels enfants qui adorent s'amuser aux dépens des autres. Ils avaient accroché la couronne de Lubu à un arbuste. Il avait beau sauter, il ne parvenait même pas à atteindre les feuilles les plus basses.

— Ces elfes sauvages se comportent parfois en vrais petits diables, commenta Zoïrim.

— Disons que les qualificatifs qu'il employait quand nous l'avons trouvé étaient moins mignons. J'étais avec ta mère, Aïnako, et Iriel, un autre ami de l'Académie. Lubu était fou de rage. Il a même tenté de nous attaquer. Il s'est calmé quand Iriel est allé décrocher sa couronne, mais il disait que le lien entre nos peuples venait de se rompre à jamais.

Naïké demeura pensive un instant, puis murmura :

— J'ignorais cette histoire.

— Il y a beaucoup de choses que tu ignores à mon sujet, dit Éléssan avec un sourire narquois. Mais je crois qu'on a assez parlé du passé. Lubu est peut-être paranoïaque, il est tout de même étrange que des feux follets s'installent près de l'eau.

— Pourquoi ? demanda Aïnako. C'est quoi, au juste, des feux follets ? Si j'ai bien compris, les ondins sont comme des elfes, mais ils vivent dans l'eau. Les feux follets seraient donc des elfes… de feu ? Et les gnomes qui ne doivent pas marcher au soleil ou quelque chose comme ça, c'est comme des elfes aussi, mais de nuit ?

Éléssan la regarda un instant en fronçant les sourcils. Il répondit sur un ton étrange, comme s'il la testait :

— De terre. Les gnomes appartiennent à la terre comme les elfes appartiennent à l'air.

Mais tu devrais déjà savoir tout ça. Ta mémoire parentale aurait déjà dû te revenir. C'est…

Il se tut brusquement, tourna la tête vers l'autre rive et leva une main pour leur faire signe de garder le silence. Aïnako tendit l'oreille. Des bruits de pas se faisaient entendre. D'autres elfes ? Ses compagnons semblaient inquiets. Les inconnus invisibles durent se rendre compte qu'ils étaient découverts, car les bruits cessèrent. Aïnako scruta la forêt. Un léger mouvement près d'une pierre attira son attention. Elle ne vit d'abord rien, mais, à force de plisser les yeux, elle finit par discerner une forme sombre qui ressemblait à un elfe sans ailes. L'intrus était couvert de pied en cap malgré la chaleur et son visage grisâtre était boursouflé et couvert de craquelures. Il croisa son regard et détala comme un lapin, suivi de trois silhouettes semblables qu'elle n'avait pas remarquées.

Les quatre elfes laissèrent passer quelques secondes avant de s'interroger du regard. Naïké se tourna vers Éléssan.

— Des gnomes à l'air libre ? À cette heure ? Si près de Lilibé ? Le roi Lubu a raison, c'est le monde à l'envers. Qu'est-ce que tu crois qu'ils fabriquent ?

— Je ne sais pas, mais ça ne nous concerne probablement pas. Ils ont toujours été les bienvenus en Élimbrel. Nous n'avons aucune raison de nous alarmer.

Mais les deux plis verticaux qui s'étaient creusés entre ses sourcils ne disparurent pas.

— Ils sont méchants ? demanda Aïnako.

— Mais non, pas du tout, répondit Éléssan avec un air surpris. En fait, ils nous ressemblent beaucoup, si ce n'est qu'ils n'ont pas de lumière et qu'ils habitent sous terre. Élimbrel partage d'ailleurs une partie de son territoire avec un royaume gnome. Ce sont eux qui fabriquent nos épées et, en retour, nous leur fournissons des produits qui ne se trouvent pas sous terre.

— Mais tu dois avouer qu'ils sont un peu effrayants, dit Naïké. Ils ne te donnent pas la chair de poule, toi ?

— C'est vrai que certains peuvent paraître inquiétants, mais c'est seulement parce qu'ils sont plus sérieux, moins expressifs que nous. Ça ne veut pas dire qu'ils ne sont pas gentils.

— Dis donc, tu ne cacherais pas un autre de tes meilleurs potes chez les gnomes, par hasard ?

Éléssan et Zoïrim rirent un peu. Aïnako aurait voulu les imiter, mais elle avait comme un nœud dans l'estomac. Ce n'était pas la première fois qu'Éléssan lui parlait de sa mémoire parentale, mais elle croyait que ça ne concernait que la langue, qu'elle parlait déjà sans s'en rendre compte comme si elle l'avait parlée toute sa vie. Elle n'avait jamais pensé que ça puisse englober les connaissances générales et peut-être un tas d'autres choses dont elle n'avait même pas conscience. Mais pourquoi ne se souvenait-elle de rien? De toutes les choses qu'elle voyait, elle ne pouvait nommer que celles qu'elle connaissait déjà avant, en français.

Elle se pencha pour ramasser un caillou et le jeter dans le ruisseau, comme elle faisait quand elle était petite et qu'elle allait au lac avec son oncle. Elle avait besoin de faire quelque chose de normal… d'humain. Elle pensa à Chloé et se demanda si elle pensait à elle, si elle l'imaginait dans l'avion, si elle lui envoyait des ondes positives comme elle le lui avait promis au téléphone. Qu'allait-elle bien pouvoir lui dire à son retour?

Elle s'accroupit et se mit à fouiller dans les cailloux à la recherche de celui qui pourrait faire les meilleurs rebonds, même si elle savait que ça n'avait pas vraiment de chances de fonctionner à cause du courant. Elle sentit les mains d'Éléssan et de Naïké se poser simultanément sur ses épaules.

— Il faut partir, dit Éléssan de sa voix bienveillante.

Aïnako acquiesça, ramassa un dernier caillou

et s'approcha de l'eau. Mais, au moment où elle allait le laisser tomber, elle eut l'impression que le monde se dérobait sous ses pieds et elle sentit son corps basculer vers l'avant. Elle se retourna pour se retenir à quelque chose, attraper la main d'Éléssan ou de Naïké, mais ils avaient disparu. À la place, il y avait une elfe qu'elle ne connaissait pas, qui la regardait en riant d'un rire pur et joyeux. Ses cheveux roses brillaient au soleil. Un sourire s'étira sur les lèvres d'Aïnako et une joie qui n'était pas la sienne se mit à irradier dans sa poitrine. L'instant d'après, elle sentit l'eau l'avaler et tout devint noir. Le froid la saisit et elle agita les pieds pour remonter à la surface en même temps que Naïké l'agrippait par le bras pour la hisser à ses côtés.

— Ça va ? Qu'est-ce qui s'est passé ?

Aïnako toussa et ramassa ses genoux contre elle en essayant de reprendre ses esprits. Que s'était-il passé, justement ? Elle s'était subitement sentie glisser hors du temps ; elle avait eu l'impression de ne plus être elle-même, comme dans un rêve. Un rêve d'une seconde. Une seule image, mais mille sentiments qu'elle n'arrivait pas à décrypter.

Éléssan vint s'accroupir devant elle. Les deux plis verticaux étaient réapparus entre ses sourcils. Aïnako se frotta le visage et leur raconta ce qu'elle avait vu. Elle releva ensuite les yeux vers Éléssan et demanda :

— Qu'est-ce que tu crois que c'était ?

— Ta mémoire parentale qui te revient, répondit-il en la fixant d'un air étrangement troublé.

9

Lilibé

Aïnako écarquilla les yeux pour tenter de saisir toute la cité en un seul coup d'œil. Un instant plus tôt, il n'y avait que la forêt, un océan d'arbres à perte de vue. Rien à voir avec les merveilles qui étaient apparues comme par magie quand ils avaient traversé la barrière de protection de Lilibé. La cité royale était camouflée derrière un mur de lumière qui l'enveloppait comme un dôme et qui repoussait les passants, animaux, humains ou elfes, qui la contournaient sans même s'en rendre compte, convaincus qu'ils continuaient en ligne droite. Ainsi protégée, elle était parfaitement invisible de l'extérieur.

Aïnako en avait le souffle coupé. Elle était toujours entourée d'arbres, la cité entière n'était qu'arbres, mais ceux qui se dressaient maintenant devant elle semblaient irradier leur propre lumière et exhalaient une telle vitalité qu'elle s'attendait presque à les voir s'animer. Il y en avait de toutes sortes, des gros biscornus aux branches qui s'entortillaient les unes autour des autres ainsi qu'un nœud de vers de terre, des minces et élancés qui ployaient dans le vent à la manière de longs fouets, des bizarres aux troncs multiples qui s'enroulaient en spirales et explosaient au sommet en longues feuilles aussi légères que de la peluche…

Tous semblaient tellement étranges, tellement uniques, comme si chacun possédait sa propre personnalité, qu'elle en oublia d'un coup les milliers de questions qu'elle voulait poser sur la fameuse mémoire parentale qui était censée lui revenir et dont Éléssan avait promis de lui parler dès qu'ils seraient à l'abri des oreilles indiscrètes.

Zoïrim finit de discuter avec les sentinelles qui les avaient arrêtés à l'entrée de la cité et invita les trois autres à le suivre dans le dédale des branches et des fleurs multicolores qui poussaient un peu partout à même l'écorce des arbres, comme des parasites. Aïnako remarqua plusieurs plantes exotiques qu'elle n'avait vues qu'au Jardin botanique, d'autres encore plus nombreuses qu'elle n'avait jamais vues tout court.

— Comment vous faites pour faire pousser

toutes ces fleurs directement sur les arbres? demanda-t-elle.

— On leur parle, répondit Éléssan avec un sourire amusé. Le pouvoir de certains elfes sur les végétaux est extraordinaire. Ils parviennent à effectuer les greffes et les croisements les plus étonnants.

Plus ils approchaient du cœur de Lilibé, plus les habitants se faisaient nombreux. Il y en avait qui volaient au-dessus des branches ou entre les troncs, d'autres qui se promenaient sur les passerelles de tiges tressées suspendues entre les arbres, d'autres encore qui somnolaient dans des hamacs, devant des maisons de terre et de feuilles bâties sur les branches ou les grandes plateformes de bois qui entouraient certains troncs.

Les maisons se trouvaient généralement près des arbres ou des arbrisseaux fruitiers, dont les plus petits poussaient souvent sur les plus grands. Aïnako reconnut des pommiers, des framboisiers, des cerisiers, et même des bananiers, des dattiers et des caramboliers, mais, ce qui la surprenait le plus, c'est qu'ils étaient tous à la fois en fleurs et en fruits, ce qui contrevenait à tout ce qu'elle avait appris dans ses cours de biologie.

Ils passèrent au-dessus d'une plateforme où poussait une quantité incroyable de fruits que les elfes attablés, en train de rire et de boire, pouvaient cueillir en étirant simplement les bras.

— Les gens n'ont pas l'air très inquiets, remarqua Aïnako. Je veux dire, pour un royaume en guerre…

Naïké eut un sourire amer.

— Lilibé est bien protégée. Elle n'a jamais été attaquée et c'est une partie du problème. Les gens ont l'impression que la guerre ne les concerne pas. Ce sont les villages qui en souffrent.

— Il faut dire, ajouta Éléssan en haussant les épaules pour replacer ses sacs sur son dos, que c'est dans notre nature d'être insouciants. Pas inconscients, juste insouciants, dans le sens qu'on oublie rapidement nos soucis. Idéalement, il faudrait des détachements de l'armée dans chaque village, mais le territoire est trop vaste et il ne resterait plus assez de soldats pour défendre Lilibé en cas d'invasion. Et l'armée de Shamguèn a le don d'attaquer sans qu'on la voie venir, malgré les sentinelles et les tours de guet placées un peu partout.

— Pourquoi les villageois ne déménageraient-ils pas tous à Lilibé ?

— C'est ce que beaucoup ont fait, dit Naïké en évitant deux elfes qui volaient sans regarder devant eux, trop occupés à se disputer sur l'issue éventuelle d'un hypothétique combat entre une chenille spongieuse et un ver de pomme. Mais ce n'est pas toujours facile de laisser l'endroit d'où on vient, tout ce qu'on connaît, les terres qu'on a cultivées, pour repartir à zéro dans un lieu inconnu.

— Ouais... fit Aïnako tandis qu'ils survolaient une plateforme où des enfants s'exerçaient à former des sphères de lumière dans leurs mains sous la supervision de quelques adultes. Je sais...

Une lueur vive se révéla bientôt au loin, à travers le treillis de feuilles et de fleurs. Son éclat s'intensifiait à mesure qu'ils avançaient et, sans s'en rendre compte, Aïnako accéléra... pour s'arrêter presque aussitôt sur une branche. Le palais de Lilibé venait de lui apparaître au tournant d'un arbre.

Composé de douze tours de nacre qui surmontaient un immense tronc à l'écorce acajou, il était tellement blanc que ça en faisait mal aux yeux. À la base du palais, le tronc se divisait en douze branches qui s'enroulaient en spirale autour des tours. L'acajou de l'écorce semblait amplifier l'éclat de la nacre, rendant sa blancheur encore plus flamboyante. Au-dessus des tours, les branches se rejoignaient au centre du dodécagone formé par les murs, également de nacre, qui reliaient les tours entre elles. Les branches s'élevaient ensuite en une longue torsade qui se perdait dans la lumière aveuglante de…

— C'est quoi, ce gros projecteur en haut des tours ?

— L'arbre-soleil, répondit Naïké comme si c'était évident.

— Qui prend racine directement dans les branches de l'arbre qui supporte le palais, ajouta Éléssan. C'est la source de notre énergie. La lumière naît à l'intérieur de ses fleurs. Ce sont les étamines et les pistils qui la produisent. En fait, ils ne la produisent pas, ils sont la lumière et ils la transmettent dans l'air, dans la terre, dans l'eau, partout. Tous les royaumes elfes en ont un. Sauf Shamguèn, bien entendu.

— Mais je ne vois pas d'arbre, juste une espèce d'immense globe lumineux.

— Tu ne vois pas non plus les douze soldats qui le gardent. Mais, quand ses fleurs se referment pour la nuit, aucun rayon ne traverse plus leurs pétales et il redevient visible.

— Mais comment avez-vous fait pour que les branches de l'autre arbre, celui qui soutient le palais, poussent comme ça, en spirale jusqu'à la pointe des tours ?

— Certains elfes savent influencer la croissance des arbres et leur donner la forme qu'ils veulent, répondit Éléssan. Mais ce don est plutôt rare et exige une patience immense.

— Même Éléssan n'y parvient pas, dit Naïké. C'est tout dire.

Le quatuor se remettait en route quand un cri les arrêta :

— Naïké !

Un elfe grand et tout en os, aux ailes rouge brique et marron et à la longue chevelure entortillée en d'innombrables tresses couleur de paille, agitait la main dans leur direction. Il se posa sur leur branche et éclata de rire devant la mine confuse de Naïké.

— La retraite de méditation est déjà terminée ? demanda-t-il, à peine un soupçon d'ironie dans la voix.

Naïké le fixa un moment et sembla chercher dans sa mémoire.

— Tu me fais marcher ! dit l'inconnu en fléchissant les genoux pour se mettre à sa hauteur. Maintenant, tu me reconnais ?

Naïké écarquilla les yeux et plaqua ses mains sur sa bouche.

— Olian ? Ah, mais tu as tellement changé ! Dis-moi, c'est l'habit militaire que tu portes là ?

Olian baissa les yeux sur son uniforme vert et brun et se mit à rire.

— Eh oui ! Faut croire que tu as eu plus d'influence sur moi que mon père l'aurait voulu.

— Hé ! hé ! Pauvre Tjaneil ! Même que ça me surprend qu'il t'ait laissé sortir du village, lui qui a toujours tellement détesté Lilibé. Mais je n'arrive toujours pas à croire que c'est toi. La dernière fois que je t'ai vu, tu ne m'arrivais même pas à la hanche.

— Mais maintenant ce serait plutôt l'inverse…

Naïké prit un air offusqué et releva le menton en rejetant les épaules vers l'arrière pour se donner l'illusion d'être plus grande.

— Tu exagères, comme quand tu étais petit. Tu me dépasses à peine d'une tête.

— Au moins deux et demie, je dirais.

— Bon, bon, bon, si tu es venu ici rien que pour m'insulter…

— Ça va, ça va, je plaisante, dit Olian. On dirait que la méditation n'a pas beaucoup amélioré ton caractère !

Aïnako ne put retenir un éclat de rire. Il était vrai que Naïké avait beau avoir un très bon sens de l'humour, parfois même un peu trop bon, dès qu'il était question de sa taille de mouche à fruits, elle devenait bleue. Olian se tourna vers elle et eut un sourire interrogateur, comme s'il se demandait s'il la connaissait elle aussi. Elle sentit ses joues s'enflammer.

— Olian, je te présente Aïnako, une très bonne amie, dit Naïké qui ne restait jamais fâchée très longtemps. Aïnako, voici Olian, le fils de mon grand frère Tjaneil. Tu te souviens ? Je t'en ai parlé avant qu'on arrive à Lilibé.

Olian la salua d'un sourire et d'un signe de tête qu'elle lui rendit, heureuse de ne pas avoir à parler.

— Et voici Zoïrim, poursuivit Naïké, mais tu l'as peut-être déjà rencontré. Lui, c'est Éléssan ; tu l'as vu une fois quand tu étais bébé, mais tu ne dois plus t'en souvenir.

Olian sembla impressionné. Il se raidit, courba la tête vers l'avant et joignit ses longues mains à l'horizontale, paume contre paume, les doigts de l'une s'appuyant sur le poignet de l'autre. Éléssan et Zoïrim l'imitèrent et Aïnako se demanda si elle devait elle aussi se plier à ce rituel. Mais Naïké lui fit un signe de la main accompagné d'une grimace signifiant que ces simagrées étaient assez ridicules, selon elle. Quand il se releva, Olian se tourna vers sa tante et ouvrit la bouche pour parler, mais son visage se troubla et il la referma.

— Olian, qu'est-ce qu'il y a ? demanda Naïké.

— C'est que… je me demandais… je voulais savoir… C'est pour elle, n'est-ce pas ? C'est pour elle que tu es revenue ? Pour la reine ?

— Oui. Elle a été blessée et… Mais pourquoi tu me demandes ça ?

— On dit que… enfin, on m'a dit que la reine… que Taïs aurait volé la lumière de la reine.

Aïnako lut les mots sur ses lèvres plus qu'elle ne les entendit.

— Olian, dit Naïké, qui t'a raconté ça ?

— Les animaux. Tu sais bien que rien ne passe jamais inaperçu. J'ai aussi appris qu'une certaine elfe sauvage revendiquait la couronne, si Silmaëlle venait à…

— Quoi ! Mais qu'est-ce que c'est que cette histoire ?

— Oui. Je ne l'ai pas vue, mais les animaux me l'ont dit. Elle serait arrivée ce matin, accompagnée de deux autres elfes sauvages qui ont quitté Lilibé dès qu'elle a pu rencontrer la suivante de la reine. Elle aurait l'intention de demander une audience devant le conseil royal au complet. C'est du moins ce que ses acolytes racontaient en rentrant chez eux.

Éléssan mit une main sur l'épaule d'Olian.

— Dis-nous tout ce que tu sais, mais pas ici.

Olian acquiesça et se mit presque au garde-à-vous. Aïnako n'avait jamais porté attention à l'effet que son ancien cousin pouvait avoir sur les gens ; elle le connaissait trop bien. Mais, maintenant qu'elle y pensait, elle se rendait compte à quel point il avait toujours su se faire obéir, même de parfaits inconnus. Il y avait quelque chose, une sorte d'assurance dans son regard, qui inspirait confiance. Éléssan avait beau devoir lever les yeux pour parler à Olian, c'était incontestablement lui qui paraissait le plus grand.

— Si on retournait à la plateforme bondée de monde qu'on vient de passer ? proposa Zoïrim. On aurait l'air moins suspects qu'en se cachant.

Il ajouta à l'adresse d'Éléssan et de Naïké :

— Et je crois que ça en rassurera plus d'un de voir que vous êtes revenus.

Ils venaient à peine de s'asseoir qu'un colosse d'elfe aux cheveux bouclés bleu électrique se campait devant eux, les poings sur les hanches. Comme Olian, il portait un épais pantalon brun dont les jambes se terminaient dans ses bottes, un t-shirt kaki et une veste brune décorée de motifs végétaux brodés dans toutes les teintes de vert.

— Eh bien, eh bien, de la grande visite.

Éléssan et Naïké ici ! Si on me l'avait dit, je ne l'aurais pas cru. Pourtant, vous êtes là, devant mes yeux, avec une de mes meilleures recrues de l'année, en plus. Comment te sens-tu, Olian, maintenant que tu es à la veille de devenir un véritable soldat d'Élimbrel ? Ou à l'avant-veille, pour être exact, vu qu'il te reste encore une journée complète à être recrue. J'imagine que vos instructeurs seront encore plus exigeants, comme j'ai moi-même l'intention de l'être avec les nouveaux qui vont commencer après-demain. Mais je ne m'inquiète pas pour toi, tu n'as jamais eu peur de travailler dur. Ha ! ha ! Pas étonnant quand on sait qui est ta tante !

Olian eut un sourire gêné et voulut répondre, mais le colosse, qui était au moins aussi grand que lui et trois fois plus gros en muscles, ne lui en laissa pas le temps. Il se pencha sur leur table et chuchota d'un air conspirateur :

— C'est la reine, n'est-ce pas ? C'est à cause d'elle que vous êtes revenus ? Je me disais aussi que c'était louche, cette histoire de blessure. C'est un nouveau coup de Taïs, c'est ça ? Celle-là je vous jure que je rêve de lui passer moi-même mon épée en trav…

— Handur ! le coupa Éléssan. C'est très impoli de t'incruster sans te présenter dans un groupe où tu ne connais pas tout le monde.

Le dénommé Handur se tourna vers Aïnako

et prit une expression de surprise désolée en réalisant qu'effectivement il y avait quelqu'un qu'il ne connaissait pas. Il courba la tête, joignit ses immenses mains à l'horizontale et déclama d'un ton très solennel :

— Handur, fils de Frandur et Solyin.

Naïké fit encore un signe à Aïnako, mais, cette fois, c'était plutôt pour l'inciter à imiter Handur ; ses yeux semblaient dire : « Je sais, c'est ridicule, mais certains elfes sont plus à cheval sur les principes que d'autres. »

Légèrement prise de panique, Aïnako descendit de son banc, inclina la tête vers l'avant, chercha les noms qu'Éléssan avait donnés à ses parents fictifs et récita d'une voix nerveuse :

— Aïnako, fille de Mezla et Itto.

En même temps, elle se demandait si c'était la main droite qui allait sur la gauche ou le contraire et pourquoi elle n'avait pas porté plus attention au geste quand c'était le tour des autres. Elle se dit avec une pointe de frustration que c'était sans doute un souvenir de plus qui aurait dû lui être restitué avec sa mémoire parentale.

Zoïrim, qui était allé chercher une corbeille de nourriture sur le comptoir entourant le tronc, arriva sur ces entrefaites. Handur le salua de la même manière, sans toutefois se présenter. Quand il vit que ses compagnons se contentaient de déplacer leur tabouret pour lui faire de la place, il demanda en ouvrant de grands yeux incrédules :

— Zoïrim, le premier ambassadeur royal en personne, est avec vous ?

Pas de réponse.

— C'est plus grave que je le pensais, en déduisit-il. Si l'ambassadeur personnel de Silmaëlle a senti le besoin d'aller vous tirer de votre retraite de méditation ou de quelque mission secrète à laquelle elle vous avait affectés... Car je ne suis pas dupe, hein ! J'ai toujours trouvé suspect que deux de nos meilleurs soldats partent tout bonnement se ressourcer le ciel sait où alors que le royaume est en guerre. Surtout venant de toi, Naïké. Sans vouloir t'offenser, tu as du mal à rester immobile une seule petite heure pour méditer.

— Pourquoi personne ne veut croire que j'avais besoin de quelques années de solitude pour refaire le plein d'énergie ? s'indigna l'intéressée.

— Toi, tu manquais d'énergie ? s'exclama Handur. Ça, c'est la meilleure ! Mais ça ne répond pas à ma question.

Il se tourna vers Zoïrim.

— Alors, c'est vrai ? Tu es allé les chercher ?

Zoïrim prit le temps de déposer le contenu du panier sur la table avant de répondre.

— Oui, je suis allé les chercher. La situation est pire que jamais et nous avons besoin d'eux.

Handur hocha la tête et s'assit sur un petit tabouret qui grinça dangereusement sous son poids.

— C'est vrai que, pour être pire, c'est pire.

— Comme tu dis, dit Éléssan. Et je crois que ça n'a pas fini d'empirer.

Il agita un doigt pour désigner Handur et Olian.

— Si tu as un peu de temps, j'aimerais vous poser quelques questions à tous les deux. Mais avant…

Il fit un geste de la main comme pour lancer des confettis et un filet de lumière presque imperceptible jaillit du bout de ses doigts, formant un dôme au-dessus de leur tête avant de glisser doucement jusqu'au sol. Les bruits extérieurs cessèrent sur-le-champ. Aïnako jeta un coup d'œil aux autres tables. Personne n'avait rien remarqué. Éléssan se tourna vers Olian.

— Maintenant, j'aimerais que tu nous dises tout ce que tu sais de cette elfe sauvage qui prétend au trône.

— Euh ! eh bien, pas grand-chose, répondit Olian en grattant son long nez. Elle vient d'une des tribus qui vivent sur le territoire d'Élimbrel et est arrivée ce matin à Lilibé.

Elle s'appelle Kaï et serait la fille illégitime de la reine Tsamiel, en fait, sa seule véritable enfant. Comme preuve, il paraît qu'elle a même en sa possession le diadème de Tsamiel que tout le monde croyait perdu.

— Et elle revendique vraiment la couronne ? demanda Zoïrim.

Olian confirma d'un hochement de tête.

— Comment sais-tu tout cela ? demanda Éléssan.

— Les animaux, répondit Olian. Surtout les insectes. J'ai toujours eu de bons rapports avec eux et j'ai fini par me créer un grand réseau. Je peux savoir à peu près tout ce qui se passe dans le royaume.

Il ajouta à l'adresse de sa tante :

— Mais je n'ai jamais réussi à avoir des nouvelles de toi.

— Ah ! Contente de voir que nos réseaux sont encore plus efficaces que les tiens !

— Mais si Zoïrim a su où vous trouver, Silmaëlle l'aurait pu aussi, dit Handur. Pourquoi vous ramener maintenant, et non avant que la reine ne s'engage dans cette folle expédition d'il y a quelques jours ?

— C'est aussi la question qu'on se pose, répondit Naïké en jetant un regard à Éléssan qui fixait ses propres mains sur la table, l'air préoccupé.

— Il faut dire qu'elle ne m'a pas appelé non plus, dit encore Handur. Moi qui croyais être une des meilleures lames d'Élimbrel !

— La reine n'a appelé personne, dit Zoïrim. Au début, même Iriel n'était pas censé l'accompagner. C'est lui qui a insisté et, comme c'était le commandant, elle n'a pas pu refuser. Tu devrais te compter chanceux, Handur, tu aurais pu y laisser ta peau.

— Mais je donnerais ma vie n'importe quand pour sauver notre royaume !

— Je doute que ta femme et tes huit enfants partagent ton enthousiasme, fit remarquer Éléssan. J'aimerais plutôt que tu nous parles de la situation à l'Académie et dans l'armée. Que savent les soldats ?

Handur rapprocha son tabouret de la table et se racla la gorge :

— Eh bien, ce qu'on sait, c'est que la reine voulait signer un nouveau traité de paix. Elle savait que Taïs était allée voir des clans de feux follets pour essayer de les gagner à sa cause, ce qui n'a évidemment pas marché, même que plusieurs se seraient carrément enfuis. Les feux follets ne se sont jamais battus contre qui que ce soit. Silmaëlle a donc intercepté Taïs en forêt alors que cette diablesse rentrait chez elle accompagnée d'à peine une trentaine de gardes. Silmaëlle croyait qu'une escorte de cinquante soldats serait suffisante pour convaincre Taïs de l'écouter, mais la félonne a attaqué sans lui laisser placer un mot. Nos soldats auraient dû l'emporter, mais Taïs était trop forte. Il paraît qu'elle a elle-même éliminé la moitié de nos soldats, mais sans les tuer… ou pas vraiment. Ils respirent encore, mais on dirait des cadavres. C'est ce qui nous effraie le plus. Personne n'a jamais rien vu de tel.

Il secoua lentement ses boucles bleues, l'air perplexe, et soupira avant de poursuivre :

— Nos soldats ont quand même réussi à mettre tous les gardes de Taïs hors de combat. Silmaëlle a alors demandé à Taïs de l'écouter, ce à quoi elle a répondu qu'elle était d'accord, mais à une condition, que Silmaëlle se mesure à elle en duel. La reine a accepté et ordonné à Iriel de s'en aller avec sa troupe. Mais il a refusé et rien n'a pu le faire changer d'avis. Tous les soldats sont donc restés et Taïs s'est jetée sur Silmaëlle. Mais, au lieu de la frapper avec son épée, elle l'a agrippée par le bras. Les soldats ont cru que c'était pour l'immobiliser et conserver son arme pour se défendre contre leurs attaques à eux, mais, quand la reine leur a encore ordonné de partir, ils ont compris que quelque chose n'allait pas. Elle ne semblait pas blessée. Pas la moindre éraflure. Mais elle avait l'air morte. Comme si toute sa lumière l'avait quittée.

Handur fit une autre pause et fronça les sourcils en tordant ses grosses mains.

— Le reste est un peu confus, reprit-il. Il paraît qu'Iriel n'arrêtait pas de crier aux soldats d'attaquer, même si Taïs était en train de les décimer. À la fin, Taïs a quand même dû se sentir dépassée parce qu'elle a pris la fuite. Iriel a alors ordonné au peu de soldats encore valides de lui courir après. L'un d'eux aurait protesté, arguant qu'il était plus sage de s'occuper des blessés, mais Iriel aurait menacé de le transpercer avec sa propre épée s'il osait encore contester ses ordres. Les soldats sont donc partis et Iriel est resté seul avec la reine. Quand ils sont revenus, évidemment bredouilles, il avait disparu avec le corps de Silmaëlle, en abandonnant tous les blessés.

Il se tut et se tourna vers Zoïrim, les yeux remplis de crainte et d'espoir.

— Pourront-ils guérir, notre reine et nos soldats ?

— C'est ce que j'ai demandé aux meilleurs guérisseurs ainsi qu'à certains druides, répondit Zoïrim. Beaucoup croient que, si elle le voulait, Taïs pourrait leur redonner leur lumière.

— Elle ne le fera jamais !

Zoïrim hocha la tête.

— C'est aussi mon avis. Mais presque tous ceux à qui j'ai parlé s'entendent pour dire que, si Taïs meurt, toutes les lumières qu'elle a volées seront libérées en même temps que la sienne et qu'elles reviendront vers leurs propriétaires.

— Nous lèverons l'armée entière ! s'écria Handur en abattant son énorme poing sur la table. Nous la supprimerons de la face du monde, cette sorcière !

Mal à l'aise, Aïnako toussota et avança d'une voix timide :

— Euh… ce ne serait pas un peu indigne de nous comme châtiment ? Je veux dire… ce serait s'abaisser à son niveau, non ? On ne pourrait pas simplement la capturer et la jeter en prison ?

— Par la terre et le ciel ! dit Handur, on voit tout de suite que tu n'as jamais vu Taïs se battre. Laisse-moi te dire que ce ne sera pas facile de lui mettre le grappin dessus. Elle est toujours protégée par ses soldats et elle-même est une combattante redoutable. Le mieux serait vraiment de la tuer. Comme ça, on serait débarrassés pour de bon. Mais, dis-moi, d'où viens-tu, petite ?

— D'un village près de la frontière nord, répondit Aïnako, légèrement insultée, en débitant l'histoire qu'Éléssan lui avait fait répéter cent fois.

— Ainsi, tu as l'intention de t'enrôler dans l'armée, fit pensivement Handur, son récit terminé. C'est bien, tu es pleine d'idéaux, ce qui est le signe d'une grande combattante. Silmaëlle non plus n'a jamais voulu tuer Taïs. Elle était trop bonne et on sait tous où cette bonté l'a menée. Je n'essaierai pas de te faire perdre tes idéaux, mais tes illusions, oui.

— Handur enseigne aux recrues à l'Académie, dit Naïké. Il est un peu bourru, mais c'est seulement pour se donner un genre.

Handur répliquait quelque chose comme: «Au moins je ne provoque pas mes élèves en duel, moi», quand un immense fracas couvrit ses paroles. Un elfe venait de s'écraser sur leur table, faisant éclater leur barrière de lumière comme une bulle de savon. Un autre elfe lui tomba dessus et leva un poing entouré de lumière jaune, prêt à frapper.

— Retire tes paroles!

— Non, répondit le premier. Tous ici savent que j'ai raison, mais ils ont trop peur pour l'admettre.

Le poing jaune s'abattit sur son visage.

— Assez! cria Naïké en s'interposant entre eux.

Étonnamment forte pour son gabarit de

fillette, elle les sépara sans grand effort et les tint chacun à bout de bras par le collet, les deux mains illuminées de fuchsia.

— Qu'est-ce qui vous prend ? aboya-t-elle d'une voix qui rappelait étrangement celle de tatie Vivi.

Une foule de curieux se massa autour d'eux.

— La vérité fait peur, voilà ce qui lui prend, répondit celui qui s'était aplati sur leur table peu auparavant.

— Quelle vérité ? demanda Naïké.

— Taïs a déjà gagné. Elle est trop forte pour nous. Elle a tué la reine et, maintenant, c'est elle, notre souveraine.

— C'est vraiment ce que tu crois ? demanda Éléssan en s'approchant de lui. Tu crois vraiment qu'il vaut mieux se soumettre à Taïs, celle qui a déjà tué tant des nôtres ?

— Si ça peut empêcher ce foutu conseil royal de continuer à se servir de nous et de nos soldats comme boucliers vivants, oui.

Éléssan fit le tour de l'assistance des yeux.

— C'est aussi votre avis ?

Plusieurs « non, jamais ! » s'élevèrent, mais la plupart des elfes se contentèrent de baisser nerveusement la tête.

— Vous savez pourtant que toute décision du conseil a pour but de vous protéger, poursuivit Éléssan. Croyez-vous vraiment que

Taïs vous laissera poursuivre vos vies comme bon vous semble si nous décidons de nous rendre ? Ne laissez pas la peur avoir le dessus sur vous. Silmaëlle n'est pas morte et nous n'avons pas encore perdu, mais c'est ce qui arrivera si nous baissons les bras. Je fais moi-même partie du conseil et je n'ai pas l'intention de laisser Taïs détruire ce qui me tient à cœur, en même temps que les gens que j'aime.

Un murmure parcourut la foule. Aïnako crut entendre le nom d'Éléssan chuchoté à quelques reprises. Naïké relâcha ses deux prisonniers qui s'envolèrent en se massant la base de la gorge. Éléssan entraîna Aïnako et les autres dans un arbre voisin.

— Ce genre de rumeurs est le pire des poisons, dit-il. Et avec cette elfe sauvage qui veut s'emparer du trône… Si nous n'agissons pas rapidement, c'est tout le royaume qui se retournera contre le conseil. Nous devrions tenir une réunion dès ce soir.

— C'est ce que j'allais proposer, dit Zoïrim. Lorsque le soleil touchera la cime des arbres, à l'ouest. Handur, Olian, ça vous va ?

— Moi ? fit Olian.

— Tes réseaux pourront nous être utiles.

— Les gardes ne me laisseront jamais entrer au palais.

Zoïrim sortit de sa poche un petit disque

de bronze couvert d'une écriture fine tout en spirale.

— Présente-leur ce laissez-passer.

Olian prit le disque en s'inclinant. Handur et lui saluèrent les quatre compagnons et s'envolèrent. Zoïrim se tourna vers Aïnako.

— Prépare-toi, dit-il avant de s'éloigner à son tour.

10

Bébé Aïnako

Couchée sur le dos, Aïnako contemplait le plafond de la chambre de Naïké en entortillant de grosses mèches de ses cheveux autour de ses doigts. Elle n'en pouvait plus d'attendre docilement le retour de ses amis, qui avaient promis de tout lui raconter dès que la réunion à laquelle elle n'avait pas été conviée serait terminée.

— Tu sais que c'est pour te protéger, avait dit Éléssan de son ton bienveillant, comme s'il s'adressait à une gamine.

— Je sais, je sais! Personne ne doit savoir qui je suis.

Cela devait bien faire huit heures qu'ils étaient partis, l'uniforme militaire sur le dos et l'épée à la ceinture comme s'ils partaient en guerre. Elle avait réussi à dormir un peu, par intermittence, mais son impatience enflait à mesure que le temps s'égrenait. « Ils ne devraient plus tarder, maintenant », se disait-elle sans grande conviction. Elle allongea les bras de chaque côté de son corps et tenta de retrouver le calme de la méditation, mais elle n'avait ni la patience d'Éléssan ni la volonté de Naïké.

À l'école, elle était souvent considérée comme une personne calme, jamais stressée, mais, en réalité, tout se passait en dedans. Elle pouvait bouillir à l'intérieur tout en continuant d'afficher un visage quasi serein. Et, maintenant qu'elle s'était mise à penser à l'école, elle était certaine de ne jamais pouvoir se rendormir. Pendant l'année scolaire, elle dormait dans la même chambre que Chloé et elles placotaient souvent jusqu'au petit matin. Même l'été, elles s'appelaient au moins aux deux jours pour se raconter leurs états d'âme. Elles avaient toujours rêvé de partir en voyage ensemble. Elles s'étaient d'ailleurs promis de le faire après leur secondaire. Mais, maintenant, Chloé pensait qu'elle voyageait avec ses cousins, sans elle. Elle aurait tellement voulu lui dire la vérité ! Elle aurait tellement voulu lui dire à quel point elle se sentait perdue !

Soudain incapable de rester couchée une seconde de plus, elle repoussa les draps d'un geste irrité, se leva, alluma une lampe et prit le sac de vêtements dont Éléssan s'était chargé pour elle. Elle l'ouvrit et en extirpa un pantalon, une camisole et une longue chaîne d'argent au centre de laquelle se balançait un diamant en forme de larme. Éléssan lui avait expliqué que ce pendentif avait un jumeau, exactement pareil et taillé dans le même diamant, que sa mère portait en ce moment même. Mais c'était celui-ci qu'elle avait porté toute sa vie et qu'elle avait donné à Aïnako encore bébé le jour de leur séparation.

Elle s'habilla, passa la chaîne à son cou et cacha la petite larme transparente sous sa camisole. La chambre se mit alors à tourner autour d'elle et un sanglot inattendu lui échappa. Elle ferma les yeux et sentit sa tête heurter le plancher. « Ça va le tuer », entendit-elle sans qu'elle sache d'où venait la voix. Un immense désespoir la submergea tout à coup. Elle se recroquevilla sur le côté et étouffa un second sanglot contre ses genoux.

« Tu vas l'écraser, Maë », fit encore une voix dans sa tête. Cette fois, elle ouvrit grand les yeux. C'était la voix d'Éléssan. Un instant elle ne vit que la chambre de Naïké, puis tout devint flou et elle se retrouva dans sa chambre à elle, sa vraie chambre, chez sa tante, avec ses meubles faits par son oncle et son plafond en pente. « Je rêve ! » se dit-elle.

Éléssan était devant elle avec sa peau verte, ses cheveux orange et ses ailes d'elfe, et elle voyait ses propres cheveux rouge sombre tomber devant ses yeux, sauf qu'ils n'étaient pas raides, mais frisés. Elle était assise sur un gigantesque édredon et tenait quelque chose dans ses bras, quelque chose de chaud. Elle baissa les yeux et vit un bébé à la peau d'un vert très pâle et au crâne couvert d'un duvet rouge cerise qui la fixait de ses grands yeux gris.

— Tu es sûre que c'est ce que tu veux, Maë? demanda doucement Éléssan.

Aïnako le regarda. Maë, c'était le surnom qu'il donnait à Silmaëlle. Elle avait donc une nouvelle fois plongé dans les souvenirs de sa mère. Éléssan avait son air sérieux, les yeux rivés aux siens comme s'il pouvait voir son âme. Elle sentait le bébé bouger dans ses bras et des larmes couler sur ses joues. Elle aurait voulu demander ce qui se passait, si c'était réel, si c'était un rêve, mais elle n'y arrivait pas; elle n'arrivait pas à parler. Comme soumise à une volonté externe plus forte que la sienne, elle agita la tête pour repousser les boucles qui lui obstruaient la vue et répondit d'une voix enrouée, encombrée de sanglots retenus, en essayant de sourire:

— Arrête de dire mon nom tout le temps,

ça m'énerve. Bien sûr que ce n'est pas ce que je veux ! C'est pour elle !

Elle regarda encore le bébé et un nom se forma dans son esprit : « Aïnako, Aïnako. »

— Je sais, dit Éléssan encore plus doucement. Je te promets de la protéger. Je te promets de faire tout ce que je peux pour la tenir loin de Taïs.

— Promets-moi aussi de ne rien lui dire sur notre monde. Tu lui donneras les photos qu'on va prendre tout à l'heure, quand on aura toutes les deux une apparence humaine, mais ne lui dis rien sur notre monde. Je veux qu'elle ait une vraie enfance, loin de la cour, de la guerre et des… leçons de maintien, de toutes les idioties qu'on apprend quand on est une princesse. Je ne veux pas qu'elle devienne aussi snob que je l'étais quand on s'est connus. Tu te rappelles quelle chipie j'étais ?

Éléssan eut un rire discret.

— Tu l'es encore parfois…

Elle lui fit une grimace à travers ses larmes et regarda le bébé qui s'était mis à gazouiller.

— Je veux qu'elle soit heureuse. Je veux qu'elle ait de vrais amis, qu'elle vive comme une vraie humaine.

— Et si elle pose des questions ? Si elle me demande qui est son père ?

— Dis-lui ce que tu sais.

— Mais je ne sais rien. Dis-moi au moins qui c'est, dis-moi…

— Non. Non, c'est mieux comme ça, mieux vaut que personne ne sache. Dis-lui… dis-lui qu'il est mort avant sa naissance. Dis-lui qu'il n'a même jamais su qu'il allait être père. Après tout, c'est la vérité.

— D'accord. C'est seulement temporaire, de toute façon. Taïs va bien finir par entendre raison. On va bien finir par découvrir qui a tué son fils et la paix reviendra.

Aïnako baissa encore les yeux sur le bébé. C'était bien elle, le bébé aux joues rebondies des quelques photos encadrées où sa mère posait avec son sourire triste et ses yeux trop brillants. La couleur des cheveux et de la peau était différente, évidemment, mais les yeux étaient les mêmes, gris et légèrement allongés.

— On va se revoir bientôt, chuchota-t-elle en caressant le fin duvet de la version bébé d'elle-même. On va se revoir bientôt, Aïnako, et tu n'auras peut-être même pas conscience qu'on a déjà été séparées.

Le bébé se tortilla dans ses bras, ouvrit et ferma ses petits poings, cligna quelques fois les paupières et attrapa le diamant en forme de larme qui pendait à son cou. Le monde devint brusquement noir et, l'espace d'un instant, elle eut l'impression d'être le bébé Aïnako qui tirait sur le pendentif de sa mère. Elle entrevit un visage vert pomme aux joues brillantes de larmes, des boucles bordeaux qui semblaient tomber vers elle, tomber indéfiniment sans jamais l'atteindre. Elle lâcha le pendentif pour attraper une de ces boucles et le monde bascula.

Elle se retrouva couchée en boule sur le plancher de la chambre de Naïké, les yeux et la gorge brûlants, l'esprit en désordre.

Elle resta un moment immobile à se demander si elle était encore en train de rêver. Enfin, elle se releva lentement en replaçant ses cheveux bordeaux, mais bien raides, derrière ses oreilles. Elle s'assit sur le lit et se frotta le front. La tête lui tournait encore et elle avait comme l'impression de suffoquer.

Elle alla pousser les volets et, les mains agrippées au rebord de la fenêtre, aspira de grandes bouffées d'air frais en essayant de calmer les battements de son cœur. Qu'est-ce qui venait de se passer ? Encore un segment de mémoire maternelle ? Est-ce que ça allait tout le temps être comme ça ? Est-ce qu'elle allait s'évanouir à tout bout de champ, sans avertissement, chaque fois qu'un souvenir allait décider de refaire surface ? Est-ce qu'elle allait revivre toute la vie de sa mère en épisodes fragmentés ? Est-ce que ça allait chaque fois la laisser aussi désorientée et étourdie ?

Dehors, le soleil n'était pas encore levé, mais le ciel se colorait déjà de rose orangé. Au loin, elle pouvait apercevoir le haut des tours du palais et l'arbre-soleil, dont les fleurs commençaient à peine à s'ouvrir, ne libérant que de minces filets de lumière éblouissante. C'était là qu'Éléssan et Naïké se trouvaient, quelque part dans l'une de ces tours. Et aussi sa mère, sa mère endormie, vivante, mais mourante. Éléssan lui avait promis qu'il l'emmènerait la voir, mais pas maintenant, ce serait suspect. Peut-être demain, peut-être plus tard, il ne savait pas. Et c'était frustrant à la fin ! C'était sa mère, après tout !

Elle se sentit soudain très en colère, sans savoir contre qui ou contre quoi. Contre Éléssan et Naïké, sans doute, qui l'avaient laissée seule. Contre sa mère qui l'avait abandonnée, contre tatie Vivi qui ne lui avait jamais rien dit, contre le monde entier. Contre elle-même aussi, justement à cause de cette colère, parce qu'elle savait bien que tout le monde n'avait agi que pour son bien, pour la protéger. Mais pourquoi prendre la peine de la protéger pendant toutes ces années pour ensuite la larguer dans ce monde inconnu et lui demander d'aller tuer celle qu'une armée au complet n'avait pas été capable de neutraliser, l'exposant ainsi à des dangers qu'elle n'arrivait même pas à imaginer ?

Elle se rendit compte que ses doigts s'étaient serrés en poings. Elle soupira et se retourna pour s'adosser au montant de la fenêtre, les mains sous les bras pour les empêcher de trembler.

La chambre de Naïké était carrée et dépouillée, c'était une chambre pratique qui servait à dormir. Il y avait bien une table basse entourée de quatre fauteuils et un poêle à bois qui occupait tout un coin de la pièce, mais on n'y voyait aucune décoration, aucun livre, rien pour se divertir. Elle se sentait prisonnière.

Elle regarda encore le ciel qui pâlissait de plus en plus et écouta les oiseaux dont les chants semblaient avoir envahi l'univers. Il devait être près de six heures du matin et elle n'avait presque pas dormi. Son cerveau tournait à cent milles à l'heure et elle n'arrêtait pas d'entendre la voix de sa mère dans sa tête, qui l'appelait par son nom : « Aïnako, Aïnako… »

Comment avait-elle pu oublier sa voix ? Elle ferma les yeux et crut se rappeler la chaleur de ses bras, la chaleur des bras de sa mère autour d'elle, pendant la fraction de seconde où elle s'était retrouvée dans sa propre tête, tout petit bébé trop innocent pour comprendre ce qui se passait.

Elle rouvrit les yeux en sentant sa gorge se serrer. Il fallait qu'elle bouge. Un trop-plein d'émotion lui comprimait les poumons et il fallait qu'elle mette de l'ordre dans ses pensées. Éléssan et Naïké ne lui avaient pas interdit de sortir, non ? Elle ne risquait pas de compromettre son identité si elle sortait quinze minutes, le temps d'empêcher son cerveau d'éclater, non ?

Elle monta donc sur le rebord de la fenêtre et se retourna prudemment avant d'ouvrir ses ailes. Sans lâcher les lourds volets de pierre, elle se donna une petite poussée et se retrouva les pieds dans le vide, ses ailes battant frénétiquement dans son dos. Voler était devenu pour elle presque naturel, mais elle n'avait pas encore tout à fait confiance en ses capacités. Quand elle fut certaine que ses ailes ne la laisseraient pas tomber, elle referma lentement les volets et s'éloigna du mur.

11

L'ELFE AUX BOUDINS JAUNES

Aïnako se dirigea machinalement vers le palais. Plus elle se rapprochait des tours de nacre, plus son désir de voir sa mère devenait obsédant, si bien qu'elle songea un instant à balancer les avertissements d'Éléssan à la poubelle et à se présenter devant la porte principale.

Mais, à la vue des gardes armés vêtus de blanc et d'acajou qui patrouillaient tout autour du palais, elle se dit qu'il faudrait être bien naïf pour espérer pouvoir y entrer sans autorisation. Tout ce qu'elle réussirait à faire, ce serait de causer des problèmes à Éléssan et à Naïké et de mettre la vie de tout le monde en danger en révélant son identité.

Elle exécuta donc un virage à quatre-vingt-dix degrés et fonça tout droit dans un elfe qui s'en venait vers elle. La surprise lui fit perdre la maîtrise de ses ailes et la personne qu'elle avait heurtée lui attrapa un coude pour l'aider à conserver sa hauteur. Ses joues se mirent à chauffer. Non, mais quelle empotée elle faisait ! Elle allait se confondre en excuses quand elle reconnut les longues tresses d'Olian. Elle rougit encore plus.

— Ça va ? demanda le jeune homme. Tu t'es fait mal ? Viens, on va se poser ; je suis trop fatigué pour faire du surplace.

Aïnako le suivit, de plus en plus morte de honte. Elle savait bien que c'était pour elle qu'il proposait de se poser ; lui semblait pouvoir rester là des heures, tandis qu'elle commençait manifestement à s'essouffler. Mais Olian était trop poli pour montrer qu'il s'en était rendu compte. Ils se posèrent donc dans un gros arbre couvert de fruits roses à pics verts.

— Il me semblait bien que j'avais reconnu tes ailes et ta tête rouge, reprit Olian en écartant une feuille pour mieux la voir. Je venais te saluer, mais on dirait bien que, toi, tu ne m'avais pas vu.

Aïnako eut un rire nerveux et porta bêtement une main à ses cheveux, comme pour s'assurer qu'ils étaient toujours là et toujours rouge vin.

— Oui… enfin, non, je ne t'avais pas vu, mais… excuse-moi, hein ! C'est juste que j'ai le cerveau qui fonctionne au ralenti, ce matin. Je n'ai pas fermé l'œil de la nuit, avec tout ce que toi et Handur nous avez appris hier soir.

— Tu n'es pas la seule. Je viens de sortir de la réunion et elle n'est même pas terminée.

Aïnako sourit.

— Tu t'es esquivé en douce ?

— Ha ! ha ! Non, on m'a mis à la porte. Ils avaient des trucs confidentiels à régler et ils m'ont chargé d'aller en forêt demander aux animaux de nous aider à combattre Taïs.

— Déjà ? On part déjà en guerre ?

— On est en guerre, Aïnako. Mais je ne crois pas que les recrues participeront à la prochaine mission. Le nouveau commandant veut miser sur la rapidité et la discrétion. Je crois qu'il n'amènera qu'une centaine de soldats avec lui.

— Mais l'histoire va se répéter ! Ils vont tous se faire massacrer.

— On sera mieux préparés, dit Olian en haussant légèrement les épaules.

Un énorme fruit rose bonbon tomba alors entre eux en les frappant en plein visage. Olian bondit en arrière pour l'éviter, mais Aïnako perdit l'équilibre et chuta. Ses ailes s'ouvrirent d'instinct. Elle accrocha quelques branches qui lui éraflèrent le dos et les coudes avant de réussir à remonter vers Olian. Son compagnon esquissa un geste vers son bras, probablement pour examiner une quelconque égratignure, mais elle l'attrapa par le poignet et s'envola en le forçant à la suivre.

— Elle t'a pris quelque chose, dit-elle en pointant une elfe qui volait à toute vitesse devant eux.

Olian tâta les poches de sa veste et étouffa un juron. Ses ailes marron fouettèrent l'air et il accéléra. Aïnako sentit une rafale soulever ses cheveux quand il la dépassa. Elle tenta de le rattraper, mais il était trop rapide. La voleuse aussi était rapide. Elle plongeait entre les feuilles, évitait des troncs à la dernière seconde, tirait sur des branches pour les relâcher sur son poursuivant.

Olian n'avait aucun mal à suivre, mais Aïnako ralentissait chaque fois qu'elle devait traverser le feuillage d'un arbre et il la distança assez vite. Elle finit tout de même par le rejoindre dans un grand arbre à l'écorce orange où pendaient de longues vignes remplies de raisins bleus.

— Je l'ai perdue de vue, dit-il comme elle se posait près de lui. Merde ! L'ambassadeur de la reine va me tuer… et le nouveau commandant. Ah, merde, merde, mer…

— C'est ça, que tu cherches ? fit une voix aiguë comme celle d'une souris derrière eux.

Une elfe aux immenses boudins jaune citron

venait de se poser sur une branche voisine. Elle portait une robe semblable à celle qu'Aïnako avait revêtue la veille, mais toute rapiécée de bouts de tissu et frangée de boucles multicolores. Un gros sac à bandoulière pendait sous ses ailes bleu et beige et elle brandissait un petit disque de bronze dans sa main droite.

— Rends-moi ça, siffla Olian en faisant un geste pour le lui reprendre.

L'inconnue s'éloigna d'un bond et approcha le disque de son visage pour lire l'écriture fine et spiralée gravée à sa surface.

— C'est toi ça, Olian du Chêne Cagneux? Le Chêne Cagneux… c'est pas le village complètement à l'est d'Élimbrel, ça? En direction de Shamguèn? Dis donc, c'est pas n'importe qui qui peut se vanter d'avoir son nom sur un laissez-passer du palais! Quand j'ai vu l'ambassadeur t'en remettre un hier soir, je n'aurais jamais pensé qu'il puisse t'en donner un autre personnalisé par la suite. Je te prenais pour une espèce d'échalote pas trop fute-fute, à te promener comme ça avec ton disque de bronze qui dépassait de ta poche, mais on dirait bien que t'es plus important que t'en as l'air!

— Qu'est-ce que tu veux? demanda Olian d'un ton agressif qui tranchait avec sa voix douce.

— Oh, ça va ! dit l'inconnue. Pas besoin de te fâcher. Je vais te le rendre, ton laissez-passer. Je voulais te le rendre de toute façon après…

Elle fit une pause et esquissa un sourire espiègle avant de reprendre :

— … après avoir vu la reine.

Elle les regardait du coin de l'œil en faisant tourner le laissez-passer dans ses mains, comme pour apprécier l'effet de sa révélation.

— La reine ! s'exclamèrent Olian et Aïnako, le premier sur un ton choqué, la seconde avec un air presque émerveillé à l'idée qu'il existait un moyen de s'introduire dans la chambre royale sans alerter tous les gardes.

L'inconnue sembla trouver cette divergence de ton très drôle. Elle ouvrit les ailes pour se poser à côté d'Aïnako et dit avec un sourire mutin :

— On dirait que tu veux voir la reine, toi aussi.

Aïnako était trop surprise pour répondre. L'inconnue poursuivit.

— Toi aussi, tu penses qu'il s'est passé quelque chose pendant son dernier combat contre Taïs, hein ? Quelque chose de louche, que le conseil royal ne veut pas qu'on sache. Mais pour quelle raison, ça, c'est un mystère.

Elle regarda au loin et parut réfléchir. Elle

pencha la tête de côté et plissa le nez comme si sa cogitation lui ramenait toujours les mêmes frustrations.

— Un mystère qu'on pourra peut-être percer si ton copain accepte de nous emmener la voir, dit-elle en ramenant son regard vers Aïnako.

Elle semblait plus polissonne que malveillante, avec sa petite bouche en cœur et son nez en trompette. Olian éclata de rire.

— Tu ne connais vraiment rien à l'administration de Lilibé, hein ? dit-il d'un air plus étonné que fâché. Même si j'acceptais de t'emmener, tu ne pourrais jamais entrer dans la chambre de la reine. Elle est constamment entourée de gardes et crois-moi si je te dis qu'ils prennent leur travail au sérieux. Chaque visiteur est fouillé et questionné. S'ils se rendent compte que personne ne l'a expressément invité, c'est la prison. Aussi simple et expéditif que ça. Quant à mon laissez-passer, il me permet d'aller voir l'ambassadeur de la reine, pas la reine elle-même.

L'inconnue fronça les sourcils et rejeta ses boudins jaunes dans son dos.

— Ce n'est pas un problème. Je pourrais en voler un autre au palais.

— Un autre laissez-passer ? À qui ? Les rares personnes autorisées à entrer dans les appartements royaux n'ont pas besoin de laissez-passer.

— Mais si quelqu'un modifie l'apparence de son visage pour ressembler à l'une de ces personnes ? demanda Aïnako.

— Modifier son visage ? fit l'inconnue en la regardant comme si elle était folle.

Aïnako se tourna vers Olian, mais lui aussi semblait se demander de quoi elle parlait.

— Un peu comme certains arrivent à modifier l'apparence des arbres ? dit-il. Ou comme la sœur de la reine qui a disparu il y a quelques années et qui, dit-on, aurait décidé de devenir humaine ?

— On dit ça ? fit Aïnako, incertaine, en se demandant si l'histoire de tatie Vivi était censée être connue de tous.

Olian haussa les épaules :

— C'est seulement une rumeur que j'ai entendue.

— Mais peu importe, enchaîna l'autre. Ce n'est pas n'importe qui qui peut modifier l'apparence de son corps comme ça. Il faut être extrêmement doué et, par extrêmement doué, j'entends affreusement doué. Le moins qu'on puisse dire, c'est que les gens qui en sont capables ne pleuvent pas du ciel. Et il paraît que ça rend très faible, que la moindre modification rend la lumière complètement inutilisable. Un elfe qui n'a plus de lumière, ça doit se voir tout de suite ; ça ne doit plus ressembler à un elfe, mais à un… cadavre ambulant. Ça doit être assez effrayant, si tu veux mon avis.

Aïnako ne répondit pas. Elle se sentait plus nulle que jamais. Elle avait voulu paraître intelligente, montrer qu'elle était une vraie elfe, mais elle n'avait réussi qu'à passer pour une idiote.

— Je crois que tu aurais quand même plus de chance en cadavre ambulant qu'avec un laissez-passer volant, dit Olian avec un air railleur.

— Un laissez-passer volant ? s'exclamèrent les deux autres en chœur.

Elles se regardèrent et pouffèrent de rire.

— Je voulais dire un laissez-passer volé, marmonna Olian en se grattant le nez.

Aucune ne cessa de rire. Aïnako était contente que l'attention soit orientée ailleurs que sur sa bourde. Elle se surprit à penser à Chloé. Il leur arrivait souvent de dire la même chose en même temps. Le caractère spontané de cette étrange fille aux boudins jaunes lui rappelait sa meilleure amie. Une vague de nostalgie l'envahit et son rire devint moins joyeux. Ce fut à ce moment qu'un éclair de douleur lui traversa le cerveau.

Elle cria. Elle entendit son cri, mais il lui sembla distant comme s'il appartenait à quelqu'un d'autre, quelqu'un de très loin. Elle avait l'impression de sentir un poids sur son front et un autre sur son sternum. C'était comme des brûlures qui incendiaient tout son corps. Le monde s'était transformé en un gigantesque incendie, un feu violent et doré qui consumait tout. Elle sentit sa lumière exploser et jaillir par tous les pores de sa peau, mais elle n'était pas blanche comme celle qu'elle avait vue pendant sa métamorphose. Elle était dorée, comme celle d'Éléssan. Tout son corps baignait dans l'or. Un océan d'or aveuglant et dévorant. Elle aurait voulu fermer les paupières, mais la lumière dorée lui sortait aussi des yeux, les maintenant grands ouverts au point qu'elle crut qu'ils allaient se déchirer.

Alors qu'elle était certaine de finir brûlée vive, la lumière dorée disparut, tout disparut et elle sentit à la fois l'écorce râpeuse d'une branche dans son dos et la douceur d'une couverture chaude tout autour d'elle. Elle voyait l'arbre aux raisins dans lequel elle s'était posée avec Olian, mais également une pièce circulaire dotée d'un plafond de nacre en forme de dôme pointu. On aurait dit que deux réalités se chevauchaient. Autour d'elle, à la périphérie de son champ de vision, les branches se transformaient en elfes armés, le vert des feuilles se confondant avec le vert de leur visage. « La chambre royale ? » se demanda-t-elle. Éléssan lui avait dit qu'elle était située au sommet d'une des tours du palais et que des gardes assuraient la protection de la reine nuit et jour. Elle avait dû basculer dans un autre souvenir de sa mère.

Elle essaya de bouger, mais ses membres semblaient si lourds ! Elle avait l'impression de s'être changée en pierre. Même ses pensées étaient devenues pesantes. Il y avait trois visages flous penchés au-dessus d'elle, ceux d'Éléssan, d'Olian et de la fille aux boudins jaunes. Elle entendait Olian l'appeler et la fille lui crier de se réveiller, mais Éléssan ne disait rien et les traits de son visage étaient trop embrouillés pour qu'elle puisse deviner son expression. Le poids qui se trouvait encore sur son front se déplaça et elle réalisa qu'il s'agissait d'une main. Le pouce pesa entre ses sourcils et traça une ligne droite jusqu'à la racine de ses cheveux. C'était la main d'Éléssan, ça ne faisait aucun doute. C'était donc effectivement sa lumière qui lui avait brûlé l'intérieur du corps. Mais était-ce cela qui l'avait rendue aussi amorphe, quasi comateuse ? Ou sa mère se trouvait-elle déjà dans cet état avant qu'il ne déverse sa lumière en elle ?

Quand il ouvrit enfin la bouche, ce fut pour murmurer quelque chose qui ressemblait à: « Iriel, je suis désolé ! », après quoi il se leva et sortit de son champ de vision. Elle entendit des pas s'éloigner d'elle, d'autres se rapprocher. Elle vit une nouvelle silhouette, la tête entièrement dissimulée sous un grand capuchon blanc, passer à travers les visages d'Olian et de la fille comme un fantôme. Des doigts glacés lui caressèrent les cheveux avant d'effleurer son front pour lui fermer les paupières. Tout devint noir et une voix rauque lui glissa à l'oreille :

— Je te l'avais dit, Maë. Je t'avais prévenue.

Elle sentit un souffle chaud sur sa joue, un soupir amer, et la même voix ajouta, encore plus étouffée :

— Maintenant, on est quittes.

La main qui était restée sur ses paupières trembla un peu avant de se retirer et, presque aussitôt, le chant des oiseaux et les voix inquiètes d'Olian et de la fille emplirent ses oreilles. Elle ouvrit les yeux et vit le bleu pâle du ciel découpé par le bleu foncé des raisins.

12

Supernova

— Ça va ? dit Olian en l'aidant à s'asseoir sur la branche où elle était étendue. T'es toujours avec nous ?

Aïnako le regarda sans répondre, encore sous le choc de sa vision.

— Dis donc, c'était impressionnant, tout ça ! s'exclama l'inconnue. C'est dans tes habitudes, d'exploser comme ça ?

— C'est évident que non ! répondit Olian à la place d'Aïnako qui avait du mal à reprendre ses esprits. Arrête donc de jouer avec mon laissez-passer, tu vois bien qu'il faut l'aider.

La voleuse observa le disque de bronze qu'elle continuait à faire tourner dans ses mains. Elle eut une moue boudeuse, mais elle le lui rendit sans protester.

— Tiens, je ne suis pas une sauvage, quand même ! Je ne suis pas idiote, non plus. C'est vrai que mon plan n'était peut-être pas des plus réfléchis. En fait, je n'avais pas vraiment de plan. Je voulais seulement voir ce qui était arrivé à la reine. Tu dois avouer que c'est intriguant, quand même. Je n'ai jamais été une voleuse, mais là, quand j'ai vu à quel point tu ne faisais pas attention à ton laissez-passer, je me suis dit que l'occasion était trop belle. Pour te montrer à quel point je ne suis pas aussi méchante que tu sembles le croire, je vais même t'aider à la porter. J'avoue que j'aimerais bien savoir pourquoi elle s'est tout à coup changée en supernova.

Ce dernier mot acheva de réveiller Aïnako. Elle s'assit un peu plus droite et les regarda en écarquillant les yeux.

— Je me suis quoi ?

Olian sourit pour tenter de la rassurer, mais il avait l'air troublé et aussi un peu effrayé.

— Ta lumière… ta lumière a comme explosé. Ça nous a jetés en l'air et tu es restée suspendue dans le vide ; tu ne battais même pas des ailes. Ta lumière s'est ensuite éteinte d'un coup et tu es tombée. On t'a rattrapée et on t'a couchée ici, sur la branche. Tu ne te souviens de rien ?

Aïnako secoua la tête, horrifiée. Qu'est-ce qu'Olian allait penser d'elle, maintenant ? Mais il fallait qu'elle demande des précisions.

— Ma lumière, elle était de quelle couleur ?

— Blanche, répondit-il. Vraiment très blanche. Et aveuglante, vraiment très aveuglante. J'ai rarement vu ça. Tu ne m'as pas l'air trop mal en point, mais tu devrais quand même aller voir un vrai guérisseur, au cas où. Je connais bien ceux du palais. Allez, viens, je t'y emmène.

Il lui tendit la main, mais elle fit semblant de ne pas la voir et se releva toute seule. Ses jambes tremblaient un peu, mais elle ne voulait pas qu'il la prenne pour une incapable en plus.

— Non, non, merci, je préfère rentrer chez moi... enfin, chez Naïké. Je crois que je manque juste un peu de sommeil.

— Ça tombe bien, insista Olian, c'est justement par là que j'allais. Je dois aller chercher mon nouvel uniforme à l'Académie.

Il avait plongé ses yeux dans les siens et il lui souriait d'un air amical et sincère. Le soleil était levé et elle remarqua qu'une flamme rouge brillait au fond de son regard marron. Elle pensa que c'était vraiment joli et ne put s'empêcher de lui rendre son sourire.

— Eh ! fit l'inconnue, c'est là que je dois aller, moi aussi !

Elle glissa un bras sous celui d'Aïnako comme si elles étaient devenues de grandes amies et eut un rire penaud avant d'ajouter :

— On pourrait y aller ensemble, maintenant que ma carrière de voleuse a lamentablement échoué.

Aïnako fut sur le point de protester, mais elle se rendit compte qu'elle vacillait sur ses pieds et que, la seule chose qui l'empêchait de tomber, c'était le bras de l'autre. Elle lui en fut secrètement reconnaissante car, sans vraiment savoir pourquoi, elle n'aurait pas voulu qu'Olian s'aperçoive de sa faiblesse.

— D'accord, allons-y, mais allons-y maintenant. J'ai hâte de retrouver mon lit.

Elle avait surtout hâte de quitter cet arbre. Elle espérait que ça l'aiderait à oublier la vision qu'elle venait d'avoir et la voix rauque dont les mots continuaient à résonner dans ses oreilles.

Olian hésita, mais quelque chose dans la voix ou le visage de sa nouvelle amie dut le convaincre, car il hocha la tête et lui prit l'autre bras. Cette fois, Aïnako le laissa faire.

Ils partirent donc tous les trois. En passant devant les tours de nacre, sur la passerelle menant à l'entrée du palais, Aïnako vit un elfe aux cheveux couleur de feu discuter avec un autre elfe au visage camouflé sous un capuchon blanc.

— Attendez, dit-elle aux deux autres en s'engouffrant dans le feuillage d'un arbre pour se poser sur une branche.

C'était bien Éléssan. Depuis qu'elle était à Lilibé, elle n'avait vu aucun autre elfe avec des cheveux aussi flamboyants. Il avait l'air épuisé. Il se frottait régulièrement les tempes, comme s'il avait mal à la tête, et le vert de sa peau semblait plus terne. Devant lui, son interlocuteur l'écoutait sans bouger. Il se tenait les épaules un peu voûtées et les mains dans les poches, mais sa posture avait quelque chose de raide, comme si tous ses muscles étaient tendus. Quatre ailes d'un noir de corbeau étaient enroulées sur son dos.

— Ah zut ! dit l'inconnue en la rejoignant. Si ces deux-là sont sortis, ça veut dire que la réunion du conseil est terminée. Maintenant, c'est sûr qu'on ne pourra pas voir la reine.

Olian se tourna très vite vers elle, l'air alarmé, mais, quand il vit son sourire taquin, il secoua la tête et fronça les sourcils pour signifier que ça ne l'amusait pas du tout.

— Détends-toi ! continua l'autre. C'était pour rire.

— Tu ne devrais pas plaisanter avec la sécurité de la reine.

— Je ne ferai plus rien d'illégal, promis. Ce qu'il peut être sérieux, ton copain !

Elle fit un clin d'œil à Aïnako, mais celle-ci était beaucoup trop préoccupée par l'elfe aux ailes noires pour lui prêter attention. Elle était certaine que c'était lui qu'elle avait vu quelques instants plus tôt, tout de suite après avoir senti la lumière dorée d'Éléssan incendier son corps, alors qu'elle se trouvait dans les souvenirs de sa mère. C'était lui, la silhouette au capuchon blanc, la voix rauque qui avait murmuré des choses étranges à son oreille.

« Drôle de coïncidence, se dit-elle. Même un peu trop drôle pour être une coïncidence. Ce n'était peut-être pas un souvenir, après tout. » Maintenant qu'elle y pensait, elle se rendait compte qu'elle n'avait rien ressenti pendant qu'elle était dans la tête de sa mère, aucun sentiment, contrairement à ce qui s'était passé lors de ses deux autres visions. Au moment où elle était tombée dans la rivière, une joie insouciante l'avait envahie; dans la chambre de Naïké, c'était une profonde tristesse, qu'elle avait éprouvée. Mais, cette fois, c'était comme si sa mère avait été morte, comme si elle n'avait été qu'une carcasse vide.

— Qui c'est, celui qui discute avec Éléssan? demanda-t-elle à Olian.

— Iriel, l'ancien commandant.

Iriel, l'ancien commandant, qui avait démissionné après le dernier combat entre sa mère et Taïs, l'ami d'Éléssan à l'Académie, l'ami de sa mère. Mais pourquoi lui avait-il dit ces choses à l'oreille? Qu'est-ce que Silmaëlle avait bien pu faire pour qu'il les croie quittes, maintenant qu'elle n'était plus qu'un corps sans âme, pas vraiment morte, mais pas vraiment vivante non plus? Souhaitait-il vraiment son malheur? Et pourquoi avoir ordonné à ses soldats de la défendre au prix de leur vie, s'il se réjouissait de son état?

Aïnako se tourna vers Olian qui la regardait déjà et demanda:

— Qu'est-ce que tu sais de lui?

— Iriel?

Olian haussa les épaules avant de poursuivre.

— Il n'était pas reconnu pour sa gentillesse envers ses soldats, ça c'est sûr. Il dirigeait et c'est tout. Il donnait des ordres. Mais c'était quand même un bon commandant. Il connaissait les forces et les faiblesses de chaque soldat et savait toujours quoi faire. Il n'hésitait jamais.

— Il a quand même obligé ses soldats à attaquer Taïs alors qu'il savait qu'ils allaient perdre, fit remarquer l'inconnue.

Sur la passerelle, Éléssan serra l'épaule d'Iriel avant de s'envoler vers le sommet du palais, où il sembla se dissoudre dans la lumière des fleurs grandes ouvertes de l'arbre-soleil. Iriel resta là un instant, puis s'envola à son tour vers la tour des militaires, une main sur son capuchon comme pour éviter de découvrir son visage.

Aïnako le regarda s'éloigner et se rendit compte que son cœur battait la chamade.

13

Du vingt-quatrième au balcon des recrues

Aïnako laissa ses compagnons à l'Académie, dont les bureaux se trouvaient au rez-de-chaussée de la tour des militaires où habitaient Éléssan et Naïké.

Érigée au sommet d'un épais tronc d'arbre, cette tour cylindrique avait été construite en forme d'anneau, de sorte que toutes les chambres donnaient sur une cour intérieure qui servait aux leçons et à l'entraînement des soldats. À la base de la tour, le tronc se divisait en branches horizontales qui, vues d'en bas, ressemblaient aux rayons d'une roue. Elles supportaient le plancher de l'édifice et remontaient ensuite à la verticale pour soutenir la paroi extérieure sur toute sa hauteur.

Olian insista pour l'accompagner jusqu'à la chambre de Naïké, au vingt-quatrième et dernier étage de la tour, mais Aïnako préférait que personne d'autre ne soit au courant de son épisode « supernova ». Olian sembla comprendre, mais il lui fit tout de même promettre de revenir le voir ou d'aller consulter un guérisseur au moindre malaise.

Aïnako salua donc ses nouveaux amis et gravit les étages de la tour, moitié à pied, moitié en volant. Elle se dépêcha de trouver la porte où le nom de Naïké était inscrit et y frappa jusqu'à ce qu'elle s'ouvre.

— Alors, qu'est-ce qu'Iriel vous a dit ? demanda-t-elle en tombant littéralement sur son amie. Il était avec vous à la réunion, non ? Il vous a dit pourquoi il est parti avec le corps de la reine en abandonnant tous les blessés ? Est-ce que les autres soldats ont donné leur version des faits ? Qu'est-ce qui s'est passé quand ils se sont battus contre Taïs ?

— Du calme, dit Naïké en riant et en la forçant à s'asseoir. Tu as les traits tirés. As-tu dormi un peu, au moins ?

— Tu crois que j'ai pu dormir en sachant que vous étiez en train de décider de mon sort à deux pas d'ici ?

— On ne décidait pas de ton sort, on déterminait la meilleure façon d'affronter Taïs.

— C'est la même chose ! Et puis ? Qu'est-ce qu'Iriel vous a dit ? Il vous a raconté pourquoi il a ordonné à ses soldats d'attaquer, même si la reine voulait qu'ils fuient ? Il vous a dit pourquoi il a ignoré un ordre de la reine ? Pourquoi il a laissé ses soldats mourir ?

— Oui, il nous a tout expliqué. Il ne pouvait pas supporter de laisser Silmaëlle à la merci de Taïs. Il a agi sous le coup de l'émotion et il en est désolé.

— Tu ne trouves pas ça étrange, qu'il n'ait pas obéi à la reine ? C'était dans ses habitudes, de lui manquer de respect comme ça ? Sais-tu quel genre de relation ils avaient ?

Les yeux de Naïké devinrent suspicieux.

— Pourquoi tu t'intéresses à Iriel à ce point ? Qu'est-ce qui te tracasse ?

Mais de légers coups à la porte l'obligèrent à se détourner pour aller ouvrir.

— Éléssan, dit-elle en le laissant entrer, tu es venu annoncer la bonne nouvelle à Aïnako ?

— Ça m'étonne que tu ne l'aies pas déjà fait !

Naïké se tourna vers Aïnako.

— Devine qui vient d'être nommé commandant en chef de l'armée !

Elle était tellement énervée qu'Aïnako ne put se retenir de sourire à son tour et arriva à oublier un instant la voix rauque d'Iriel qui tournait inlassablement dans son cerveau.

— Toi ?

— Mmm… j'aurais bien aimé, mais il paraît que je ne suis pas assez réfléchie.

Aïnako sourit. Naïké était effectivement beaucoup trop impulsive pour commander une armée. Elle se tourna vers Éléssan qui venait de s'asseoir dans un fauteuil près du sien. Elle lui donna un petit coup sur l'épaule.

— Je suis sûre que tu seras le meilleur commandant qu'Élimbrel ait jamais eu.

Éléssan eut un bref éclat de rire, mais il essaya aussitôt de prendre un air sérieux.

— Tout le monde n'est pas de ton avis.

— Des imbéciles, dit Naïké avec un geste de la main comme pour chasser une mouche.

— Tu ne peux quand même pas nier que j'ai été absent pendant plus de treize ans.

— Mais c'était pour le bien du royaume.

— Sauf que personne ne le sait. J'aurais préféré qu'Iriel reprenne son poste.

— Tu devrais être heureux que le conseil l'ait seulement rétrogradé et pas banni tout court. Au moins, il pourra partir avec nous pour Shamguèn. Il a beau être complètement asocial, il reste un des meilleurs soldats d'Élimbrel. Mais, en parlant d'Iriel, Aïnako me demandait justement s'il avait l'habitude de désobéir ainsi à des ordres directs de la reine.

Éléssan fronça les sourcils. Il ne souriait plus du tout, à présent.

— Il s'est expliqué devant le conseil, non ? Qu'est-ce qu'il vous faut de plus ?

— Je me demandais seulement s'il avait une bonne relation avec la reine, dit Aïnako, incertaine devant l'attitude offensée d'Éléssan.

— Je vous ai déjà dit qu'ils étaient amis à l'Académie. Ils ont toujours éprouvé un grand respect l'un pour l'autre. Je ne comprends pas pourquoi vous doutez de lui. Le conseil lui a accordé l'absolution et ça devrait vous suffire.

— Ça va, ça va ! dit Naïké. On sait que c'est ton ami, mais on a le droit de se poser des questions, non ?

Éléssan la regarda un instant avant de laisser tomber sa tête contre le dossier de son fauteuil.

— Je sais, soupira-t-il en passant ses deux mains dans les flammes de ses cheveux. Je ne voulais pas me fâcher. La tentative de reviviscence a drainé toute mon énergie. Je suis allé quelques minutes à l'arbre-soleil, mais je crois que ce n'était pas suffisant.

Naïké, qui était restée debout près de lui, s'assit sur le bras de son fauteuil et lui effleura la tempe d'un doigt illuminé de fuchsia.

— Tu te prends toujours pour un

super-héros, murmura-t-elle. Après une nuit blanche, en plus.

— La tentative de quoi ? demanda Aïnako.

— J'ai tenté de réveiller ta mère en lui transmettant tout ce que j'avais de lumière, répondit Éléssan. Mais je n'ai rien perçu en elle, pas le moindre soupçon de lumière. Taïs a vraiment réussi à la lui enlever. Je n'étais pas sûr d'y croire, mais je ne vois aucune autre explication.

Il fit apparaître un nuage doré dans sa main, l'observa un moment et referma les doigts dessus. Aïnako demanda après une hésitation :

— Est-ce qu'Iriel était avec toi, pendant que tu essayais de la réveiller ?

Éléssan tourna la tête vers elle, l'air décontenancé pour un instant.

— Pourquoi me demandes-tu ça ?

Sa voix était tendue, mais sa réaction constituait une réponse en soi. Aïnako prit une grande inspiration.

— Il était bien avec toi, donc. Après ta tentative de reviviscence, ou peu importe, il s'est approché de la reine et il lui a… il lui a dit qu'il l'avait prévenue et qu'ils étaient quittes.

Ses amis la fixaient en silence, la même expression trop sérieuse sur le visage, comme s'ils essayaient de toutes leurs forces de trouver un sens à quelque chose qui n'en avait pas.

— Personne n'est censé soupçonner qu'Iriel m'accompagnait, dit enfin Éléssan. Qui t'a dit qu'il était avec moi?

— Personne. J'ai eu une autre vision. Je pensais que c'était encore un souvenir de ma mère, mais on dirait bien que c'était le présent. Je ne pensais pas que c'était possible. Je croyais que la mémoire parentale n'était qu'une mémoire, justement, qu'elle ne nous donnait accès qu'à ce que nos parents avaient vécu avant notre naissance.

Éléssan et Naïké se regardèrent, visiblement perplexes.

— C'est normalement le cas, répondit Éléssan en fronçant les sourcils. La plupart des elfes, pour ne pas dire tous, n'ont accès qu'au passé de leurs parents. C'est peut-être un autre effet de ta métamorphose prolongée, mais...

Il se tut un instant, les sourcils de plus en plus froncés, et demanda lentement, comme s'il réfléchissait en même temps:

— Est-ce que... est-ce que tu avais l'impression d'être ta mère? Est-ce que tu ressentais tout ce qu'elle ressentait?

Aïnako acquiesça, mais ajouta:

— Sauf qu'elle ne ressentait rien. Elle était comme morte.

— Mais tu entendais ce qui se passait autour d'elle?

— Et je voyais aussi, mais c'était flou.

Elle leur raconta sa vision, en omettant le fait qu'elle avait elle-même crié et que sa propre lumière avait explosé toute seule; elle détestait avoir l'air faible et ne voulait pas que ses amis refusent de répondre à ses questions sous prétexte qu'il fallait la ménager. Elle laissa donc entendre que sa vision s'était déroulée devant ses yeux sans autre inconvénient que de l'avoir forcée à s'asseoir sur une branche en attendant que ça passe.

— Et il a vraiment dit: « Maintenant, on est quittes » ? demanda Éléssan. Je m'étais éloigné et il chuchotait; je n'ai pas entendu… J'imagine qu'il ne voulait pas que j'entende.

Il n'avait pas l'air abasourdi ou incrédule comme Aïnako s'y serait attendue, seulement profondément triste, comme si les mots et l'attitude d'Iriel ne le surprenaient pas vraiment.

— Mais ça n'a aucun sens, dit Aïnako. Pourquoi avoir ordonné à ses soldats de mourir pour elle, s'il est content de la voir comme ça?

Éléssan secoua doucement la tête.

— Iriel n'est pas content de voir ta mère comme ça.

— Alors, pourquoi il lui a dit ça? Et de quoi l'avait-il prévenue?

— Je ne sais pas, Aïnako. Mais Iriel est mon plus vieil ami et je lui fais entièrement confiance. Il a été soldat toute sa vie et, quand il a une mission, il la mène jusqu'au bout. Je crois que c'est surtout à lui-même qu'il en veut d'avoir laissé Taïs blesser ta mère. C'est pour ça qu'il a refusé de battre en retraite. Il s'est dit que, s'il pouvait au moins tuer Taïs, il n'aurait peut-être pas perdu sur toute la ligne.

Quatre coups sourds se firent alors entendre et tous trois tournèrent la tête vers la porte. Éléssan leva les yeux vers Naïké, toujours assise sur le bras de son fauteuil. Elle lui rendit son regard interrogatif et haussa légèrement les épaules avant d'aller ouvrir. Aïnako remarqua qu'elle avait posé la main sur le pommeau de son épée et qu'Éléssan s'était redressé dans son fauteuil de façon à pouvoir bondir plus rapidement sur ses pieds si le besoin s'en faisait sentir.

Naïké commença par entrebâiller la porte. Elle sembla surprise et l'ouvrit davantage. Un soldat en habit militaire se tenait sur le seuil, les cheveux noirs en bataille et le visage impassible. Aïnako ne se rappelait pas l'avoir rencontré. Pourtant, elle avait l'impression de le connaître, de le connaître très bien. Même que sa seule vue la rendait mal à l'aise.

Il salua Naïké d'un petit signe de tête et ses yeux noirs s'arrêtèrent sur Éléssan en ignorant complètement Aïnako. Éléssan le regarda en silence, mais, comme l'autre ne disait rien non plus, il finit par se lever en murmurant :

— Je reviens.

Il alla rejoindre l'intrus et s'éclipsa avec lui, mais Naïké ne referma pas la porte tout de suite. Elle sortit sur le balcon et alla s'accouder à la balustrade. Aïnako l'imita et vit les grandes ailes caramel d'Éléssan ainsi que celles entièrement noires de l'autre se refermer au moment où ils se posèrent dans la cour intérieure, vingt-quatre étages plus bas, là où des soldats s'entraînaient à se battre avec des épées de bois pareilles aux vraies, mais en moins effilées.

— Qui c'était ? demanda-t-elle, même si elle connaissait très bien la réponse.

— Devine.

Ce simple mot lui confirma qu'elle avait raison.

— Iriel…

Comme s'il l'avait entendue, le soldat aux cheveux noirs leva la tête et son regard croisa le sien. Ce fut la dernière chose qu'elle vit avant que tout disparaisse.

Elle était maintenant seule sur le balcon, mais beaucoup plus bas, plutôt au troisième ou au quatrième étage. Depuis le sol, Iriel la regardait toujours. Il était différent. Ses cheveux noirs qui, un instant plus tôt formaient une auréole emmêlée autour de sa tête comme s'il les avait rasés et n'y avait plus touché pendant des mois, étaient maintenant attachés sur sa nuque en une longue queue de cheval. Quelques mèches plus courtes retombaient devant ses yeux. Et ce furent justement ses yeux qui la frappèrent. Ils étaient toujours aussi noirs, mais ils brillaient d'un éclat amusé, intrigué.

Un énorme cactus surmonté d'une fleur rouge se trouvait devant lui, à l'autre bout de la cour. Au pied du cactus, un morceau de fleur gisait dans une mare d'épines blanches.

Dans sa main droite, Iriel tenait une épée dont la lame brillait d'une faible lueur bleu argenté. Les soldats qui l'entouraient, moins nombreux que ceux qui s'entraînaient à l'épée quelques secondes plus tôt, le regardaient en se grattant la tête, visiblement déçus. À quel sujet ? Aïnako n'en avait pas la moindre idée. Il ne leur accorda pas un regard.

Sans la quitter des yeux, il rengaina son épée, ramassa quelque chose à ses pieds, déploya ses ailes et prit son envol. Quand il se posa devant elle, dans l'ombre des balcons qui les surplombaient, Aïnako se sentit soudain très nerveuse. Elle avait le cœur qui voulait lui sortir de la poitrine et elle se mit les mains derrière son dos en s'entremêlant les doigts pour les empêcher de trembler. Elle aurait voulu s'enfuir, mais elle se força à prendre un air frondeur et à tourner les talons pour s'éloigner la tête haute. L'autre bondit par-dessus elle et lui bloqua le passage.

— C'est toi qui m'as lancé ça? dit-il en exhibant un caillou qu'il fit tourner entre ses doigts, tout près du visage d'Aïnako. Si tu voulais que je te remarque, un simple bonjour aurait suffi.

Ses yeux étaient tellement sombres qu'Aïnako eut l'impression qu'ils allaient l'aspirer.

— Je n'aime pas ton air prétentieux, s'entendit-elle répondre en se concentrant pour ne pas rougir.

Le sourire de l'autre s'agrandit et ses yeux se firent encore plus moqueurs.

— Iriel, dit-il pour se présenter.

Il inclina à peine la tête, sans la libérer de l'immensité de son regard. Aïnako sentait qu'elle se perdait dans le gouffre de ses yeux trop noirs quand un détail attira son attention, son reflet dans ses pupilles. Mais elle était différente. Ses cheveux ne tombaient plus en longs pans raides de chaque côté de son visage, ils flottaient en boucles folles et désordonnées aussi légères que l'air. Ce n'était pas son visage, qu'elle entrevoyait, c'était celui de sa mère.

Elle voulut parler, mais sa vue se troubla et s'assombrit. Elle sentit qu'elle perdait connaissance encore une fois.

14

Mémoire maternelle

— Aïnako ! Aïnako, tu m'entends ?

La voix de Naïké se fraya lentement un chemin jusqu'au cerveau d'Aïnako, qui ouvrit un œil, puis deux, et regarda autour d'elle. Elle était couchée sur le balcon du vingt-quatrième. Le soleil l'aveuglait et elle avait les ailes coincées sous son dos. Naïké était agenouillée près d'elle et ses mains lui tapotaient les joues.

Ça va ! Je suis réveillée maintenant.

Naïké l'aida à s'asseoir.

— Tu m'as fait peur. Qu'est-ce qui t'a pris ?

Elle passa une main entourée de lumière fuchsia sur le front d'Aïnako, qui sentit une légère décharge électrique parcourir son sang.

— Tu n'es pas blessée, c'est l'essentiel, dit-elle en ôtant sa main. Viens, on va rentrer.

Aïnako ouvrit les ailes pour se donner un élan et elles retournèrent à l'intérieur.

— Assieds-toi, dit la guerrière en refermant la porte. Repose-toi, je vais nous préparer un petit remontant.

Mais elle n'avait pas envie de se reposer. Elle ignora le fauteuil que son amie lui désignait et la suivit jusqu'au poêle à bois. Naïké n'insista pas. Si Aïnako avait été avec Éléssan, il aurait probablement exigé qu'elle aille s'aliter, mais elle, elle était plutôt du genre à la laisser faire à sa tête en se disant qu'on apprenait mieux de ses propres erreurs.

— Est-ce que tu connaissais ma mère? demanda Aïnako en observant son amie qui ouvrait différents pots de verre pour en extraire des feuilles ou des racines qu'elle jetait dans une casserole.

— Pas vraiment…

Elle prit un grand bol fait de tiges et de feuilles entrelacées sur une étagère et le lui tendit.

— Tiens, ce sont des fruits que j'ai cueillis après la réunion.

Le bol contenait exactement trois dattes et six bleuets. Elle prit un bleuet qu'elle se mit à manger comme une pomme. Naïké posa le bol sur le comptoir, versa de l'eau dans la casserole et alluma le poêle à bois avec une longue allumette avant de poursuivre :

— Je ne l'avais jamais rencontrée avant qu'elle te confie à nous, à Éléssan et moi.

Elle fit une pause.

— T'as encore eu une vision, hein ? Un souvenir de ta mère ?

Aïnako hésita avant d'acquiescer.

— Elle était avec Éléssan, dans ma chambre, chez tatie Vivi, et elle lui demandait de ne jamais rien me dire sur votre monde… enfin, sur notre monde.

Elle ne savait pas pourquoi elle ne lui racontait pas la vision qu'elle venait d'avoir, mais plutôt la précédente. Elle avait l'impression que la bribe de souvenir qu'elle venait de vivre était trop personnelle, qu'il s'agissait d'un secret que sa mère aurait choisi de partager avec elle et elle seule. Trop de sentiments y étaient rattachés, trop d'insécurité, trop de naïveté. Elle était certaine que sa mère n'aurait pas voulu que tout le monde sache l'effet qu'Iriel lui avait fait, même si elle était sûrement très jeune, à l'époque. « Probablement pas beaucoup plus vieille que moi », se dit-elle.

Elle termina son bleuet et se lécha les doigts.

— C'est normal que ma mémoire maternelle me revienne comme ça, en visions ? Et pourquoi est-ce que je ne me souviens de rien à propos de mon père ?

Naïké ne répondit pas tout de suite. Elle prit une datte et en coupa quelques tranches avec un couteau aussi long que son avant-bras. Elle en offrit une à Aïnako, en prit elle-même une et mélangea le contenu de la casserole avec une cuillère en bois.

— Je crois que c'est un effet de ta métamorphose, finit-elle par répondre. La mémoire te revient par flashes.

— Mais, d'habitude, ça ressemble à quoi ?

— C'est comme… c'est comme quelque chose qu'on sait depuis toujours. On se souvient d'à peu près toute la vie de nos parents, mais différemment de la nôtre. On n'a pas vraiment d'images, juste des connaissances. On pourrait croire que c'est quelqu'un d'autre qui nous a raconté leur vie. C'est aussi le contact avec nos parents qui façonne notre mémoire, qui la renforce, qui la rend plus… présente. C'est pour ça que ta mère t'a gardée quelques mois avant de te confier à nous.

— Et c'est aussi pour ça que je n'ai aucun souvenir de mon père, compléta Aïnako.

— Probablement, oui. Ou peut-être que ça viendra quand tu le verras dans les souvenirs de ta mère, je ne sais pas. À ma connaissance, tu es la première et la seule elfe à avoir été transformée avant que ta croissance soit terminée.

— Et j'imagine que tu ne le connaissais pas non plus.

Naïké fit non de la tête et se retourna pour brasser sa potion qui commençait à bouillonner.

— Encore moins que ta mère. Tout ce qu'elle nous a dit, c'est qu'il était mort avant que tu viennes au monde. Elle ne voulait pas nous en parler. Je crois qu'elle avait peur que la famille de ton père apprenne ta naissance et décide d'exiger ta garde, ou quelque chose comme ça. Elle voulait absolument que tu restes parmi les humains pour que personne ne soit au courant de ton existence.

— Mais je croyais qu'Éléssan était son ami ! Elle lui faisait assez confiance pour qu'il s'occupe de moi, mais pas assez pour lui dire qui était mon père ?

Naïké eut une drôle de grimace.

— C'est peut-être à moi qu'elle ne faisait pas confiance. Disons que, la première fois qu'on s'est vues, on s'est comme… engueulées.

Aïnako haussa les sourcils, amusée malgré elle de la voir aussi mal à l'aise, elle qui d'habitude n'avait jamais peur de dire tout ce qui lui passait par la tête.

— Tu t'es engueulée avec la reine ?

— Juste un peu. Elle voulait rencontrer la personne qu'Éléssan avait choisie pour l'aider à te protéger, ce qui est normal, bien sûr, mais elle n'a pas vraiment eu l'air d'approuver son choix… Il faut dire que j'avais eu ma part de démêlés avec l'administration de l'Académie, du temps où j'enseignais. Un élève avait insulté les gens des villages et, comme tu le sais, je viens d'un village, un trou perdu au fond d'Élimbrel. Il a dit que seuls les elfes dont un des parents a été dans l'armée devraient être admis à l'Académie, que ceux qui ne naissent pas déjà avec des techniques de combat font perdre trop de temps aux autres et sont un poids sur le champ de bataille, vu que leurs réflexes sont moins rapides. Tu connais ma patience légendaire ! Je l'ai aussitôt provoqué en duel pour qu'il voie que mes réflexes n'étaient pas moins rapides que les siens. Je n'ai jamais eu l'intention de le tuer, ni même de le blesser, évidemment ; je voulais seulement lui donner une leçon, mais il est allé se plaindre à l'administration. J'ai été suspendue, j'ai protesté, ça a créé un tollé et toute la cité a fini par en entendre parler, du dernier des gamins jusqu'à la reine elle-même.

Aïnako laissa fuser le rire qu'elle retenait.

— Ma mère t'a donc reproché ton impulsivité et, pour ta défense, tu l'as engueulée ?

— Eh ! On s'est engueulées. Une engueulade, ça se fait à deux, tu sauras.

Naïké essayait de prendre un air vexé, mais elle riait elle aussi. Elle poursuivit :

— Je crois qu'elle avait peur que j'aie une mauvaise influence sur toi. Après cet… incident, mes élèves ont commencé à m'appeler la Mygale. C'est plutôt joli, une mygale, je trouve, plus qu'une tarentule, en tout cas, mais je crois que ta mère ne partageait pas cet avis. Elle m'a conseillé de ne pas oublier que c'était à elle que j'aurais à répondre si je manifestais le moindre signe d'insubordination. Je lui ai dit de ne pas s'inquiéter, que les réponses, c'était mon fort. Et, sans vraiment y penser, j'ai posé la main sur le fourreau de mon épée. Il était vide, évidemment, vu qu'on était au palais, mais je pense qu'elle n'a pas apprécié. Je sais, je sais, c'était stupide, et je ne voulais même pas la menacer ou quoi que ce soit, c'était juste une habitude. On dirait que c'est plus fort que moi, quand quelqu'un m'attaque, je réplique.

— Et ma mère t'a quand même laissée t'occuper de moi ?

— Disons que j'ai dû me montrer très gentille par la suite et qu'Éléssan a dû se montrer très convaincant. Tiens, bois ça.

Elle lui versa une tasse d'une potion grisâtre.

— Euh ! fit Aïnako. C'est vraiment buvable ?

Naïké se versa une tasse à elle aussi et la leva comme pour porter un toast.

— Je t'assure que c'est moins mauvais que ça en a l'air. Et tu ne sentiras plus du tout ta fatigue, tu verras; c'est miraculeux.

Aïnako approcha sa tasse de son nez et crut déceler l'odeur du thé fort et du poivre mêlée à d'autres parfums inconnus. Elle souffla sur le liquide avant d'y tremper prudemment le bout de ses lèvres. Elle s'attendait à un goût amer de plantes, mais, à sa grande surprise, c'était divinement sucré et velouté. Elle prit donc une autre gorgée, mais, dans son empressement, se brûla le palais.

— Aïe! Trop chaud! Si j'ai bien compris, la mémoire parentale transmet aussi les habiletés au combat?

— N'importe quelle habileté, en fait. Ta mère était effectivement très douée à l'épée. Tu ne devrais donc pas avoir de difficulté à apprendre.

On cogna à nouveau à la porte.

— Déjà? fit Naïké.

Elle versa une troisième tasse de potion et alla ouvrir.

— Voilà mon commandant, dit-elle en laissant Éléssan entrer et en lui présentant son breuvage. Une offrande bien humble pour Votre Grandeur!

Éléssan eut un rire presque silencieux. Il prit sa tasse et en avala tout le contenu, malgré les volutes blanches qui s'en échappaient. Il sembla se détendre, mais il restait encore de petits plis entre ses sourcils, à peine visibles pour qui ne l'aurait pas connu aussi bien qu'Aïnako.

— Ça va, vous deux? demanda-t-il en s'assoyant dans un fauteuil. J'ai cru t'entendre crier, Naïké, juste comme je sortais de la cour.

— Ce n'était rien, dit aussitôt Aïnako en s'installant dans le fauteuil à sa gauche. Elle me parlait de la mémoire parentale et de la fois où elle avait provoqué un élève en duel.

Elle ne tenait pas à ce qu'Éléssan apprenne qu'elle s'était encore évanouie. Il paraissait assez préoccupé comme ça. Naïké sembla comprendre, car elle ne dit rien non plus.

— Ha! ha! J'avais oublié cet épisode de ta courte, mais glorieuse carrière dans l'enseignement, dit-il. Ce cher Goneïa! Il est encore dans l'armée, tu sais. Toujours aussi fendant, mais c'est quand même un excellent soldat.

Naïké déposa le bol de fruits et l'assiette contenant les tranches de datte sur la table à café. Elle haussa les épaules et s'assit dans le fauteuil à côté d'Aïnako, en face d'Éléssan.

— Bof, les meilleurs soldats sont tous un peu psychotiques, si tu veux mon avis. Toi, tu te prends pour le sauveur de tout le monde, moi, j'ai une fâcheuse tendance à faire le contraire de ce qu'on me demande et cette petite développera sans doute une double personnalité, humaine de jour, princesse guerrière de nuit…

— Et à moitié folle, avec ses visions, le reste du temps, compléta Aïnako avec une grimace cynique.

— Tu as eu une autre vision? demanda Éléssan. Comme celle de ce matin?

— Ce n'était pas en temps réel si c'est ce que tu veux dire. C'était avec toi et moi, quand ma mère m'a laissée avec vous, chez tatie Vivi.

Mal à l'aise de mentir à son ami, elle se cacha derrière sa potion et manqua de se noyer en prenant une trop grosse gorgée.

— Tu crois que ça va s'arrêter un jour, ces visions? réussit-elle à articuler entre deux quintes de toux, pendant que Naïké lui donnait de grandes tapes dans le dos, juste au-dessus de ses ailes qui s'étaient ouvertes d'elles-mêmes sous les soubresauts qui la secouaient tout entière.

— Ça va! s'écria-t-elle au bout d'un moment. On dirait que ça me fait tousser encore plus.

L'autre leva les mains en signe de reddition, l'air faussement insulté. Aïnako toussa encore un bon coup, essuya ses yeux larmoyants et demanda d'une voix enrouée, en se raclant la gorge à tous les trois mots:

— Vous croyez que je vais finir par retrouver toute ma mémoire parentale et les aptitudes de ma mère pour le combat?

Éléssan appuya ses coudes sur ses genoux pour se rapprocher d'elle.

— Je ne sais pas. Mais tu pourrais très bien avoir ses réflexes au combat sans te souvenir de sa vie. Tu parles déjà la langue de notre peuple et tu voles très bien pour quelqu'un qui n'avait pas d'ailes il n'y a même pas une semaine. Ce n'est pas nécessairement relié.

— En tout cas, j'ai hâte que ça débloque. J'aimerais bien savoir ce que c'est que de passer sa vie dans un palais.

Elle pensa également qu'elle avait hâte de savoir qui était son père et pourquoi Iriel en voulait à sa mère, mais elle garda ces préoccupations pour elle et demanda plutôt, en essayant de ne pas avoir l'air trop anxieuse:

— Qu'est-ce qu'Iriel te voulait?

Éléssan hésita un moment avant de se tourner vers Naïké.

— Shamguèn vient d'attaquer plusieurs villages un peu partout en Élimbrel.

Les yeux de la guerrière s'arrondirent d'inquiétude et il s'empressa d'ajouter:

— Mais pas le tien. Pas le tien, mais…

— Mais ça risque d'être le prochain, termina-t-elle.

Elle avait parlé d'un ton calme, mais les muscles de ses mâchoires s'étaient crispés et ses yeux lilas semblaient un peu plus sombres.

— Des détachements de l'armée étaient déjà dans les environs et j'en ai dépêché d'autres. On devrait pouvoir refouler les troupes de Taïs assez rapidement. Mais je tiens à garder les meilleurs soldats ici, pour la mission qu'on va devoir mener en Shamguèn.

Il avait regardé Aïnako en prononçant cette dernière phrase et elle sentit son cœur se mettre à battre un peu plus vite. La mission en Shamguèn, c'était la mission qu'elle était supposément la seule à pouvoir mener à bien.

— Je ne serai jamais prête à temps, dit-elle d'une toute petite voix.

— Alors, on partira sans toi. Mais attends avant de décider. Tu n'as même pas eu ta première leçon à l'Académie. Les cours commencent demain ; attends de voir comment tu progresses.

— Tu es quand même chanceuse d'arriver juste à temps pour le début des cours, ajouta Naïké. Il n'y a rien de pire que d'être la nouvelle qui débarque en plein milieu d'un semestre.

— Ouais, marmonna Aïnako en enfonçant ses dents dans une tranche de datte, je n'en reviens pas, de ma chance. Vous croyez que ma mère avait prévu que j'arriverais au début d'un semestre si les choses ne se passaient pas comme elle l'espérait ?

— C'est probable, répondit Éléssan. Ta mère a toujours été très…

— Mais si Taïs attaque avant que je sois prête ? le coupa Aïnako qui n'avait pas envie d'entendre encore une fois à quel point sa mère était merveilleuse.

Elle préférait continuer à lui en vouloir de l'avoir abandonnée. Elle irait affronter Taïs parce qu'elle ne pourrait plus jamais se regarder en face si elle ne le faisait pas, mais elle ne voulait pas se laisser attendrir. Elle ne voulait pas comprendre ses raisons et lui pardonner. Mais, aussi, elle avait peur, peur de la perdre une seconde fois si elle échouait dans sa mission.

— Ça n'arrivera pas, dit Éléssan avec l'air trop confiant qu'il prenait tout le temps pour masquer son inquiétude. Olian n'est pas le seul à entretenir des liens avec les animaux. Le conseil et l'armée possèdent leurs propres réseaux. Si Taïs décide de passer à l'attaque, nous serons prêts et nous l'attendrons. Mais je ne crois pas qu'elle le fasse bientôt. Son armée est beaucoup moins considérable que la nôtre et les soldats de sa garde sont presque tous morts en la défendant. Elle aurait elle-même été blessée et une de ses ailes aurait presque été arrachée. Même si les elfes guérissent beaucoup plus rapidement que les humains, il faut du temps pour se remettre de telles blessures. L'entêtement d'Iriel a coûté la vie à beaucoup des nôtres, mais leur sacrifice n'aura pas été vain s'il nous permet de gagner suffisamment de temps pour que tu retrouves ta mémoire d'elfe et que tu apprennes à maîtriser ta lumière. Justement, en parlant de maîtriser ta lumière, je crois qu'il est temps qu'on s'y mette.

Il se leva et lui tendit une main pour l'aider à en faire autant.

— Qu'est-ce que tu veux dire ? On va où ?

— Dans ma chambre. Je ne voudrais pas risquer de démolir celle-ci.

— C'est vrai que ce serait dommage d'abîmer la déco, dit Naïké. C'est tellement raffiné !

Éléssan balaya les murs beiges et nus des yeux. Il sourit et adressa un clin d'œil à Aïnako.

— Je vais te montrer à ne pas tout faire exploser avec ta lumière. Et j'ai quelque chose à te donner, quelque chose qui t'aidera peut-être à déterrer deux ou trois réflexes enfouis dans ta mémoire maternelle.

15

ARCS-EN-CIEL ET CRIS DE TERREUR

— Tu ne fais pas d'efforts !

Ils étaient debout, l'un en face de l'autre, et Éléssan avait placé ses mains sur les tempes d'Aïnako pour l'aider à trouver la racine de sa lumière. Elle avait essayé vraiment fort. Elle sentait même l'énergie de son ami qui se mêlait à la sienne pour lui donner un peu plus de vigueur, mais sa lumière semblait impossible à réveiller. Il retira ses mains. Elle soupira.

— Je n'arrive pas à me concentrer.

— Quelque chose te tracasse ?

Elle haussa les épaules. Lui se gratta la nuque et eut un sourire qui ressemblait à une grimace. Il semblait mal à l'aise, tout à coup.

— Il faut dire que tu n'as que ta mère et l'ensemble du peuple d'Élimbrel à sauver. Ce n'est quand même pas la mer à boire.

Elle aurait bien voulu rire de cette tentative

de plaisanterie, mais quelque chose lui nouait l'estomac.

— J'ai peur.

— De quoi ?

— Je ne sais pas. De tout. De ne pas être à la hauteur. De ne pas arriver à maîtriser ma lumière. De faire rire de moi, demain, à l'Académie.

Il s'assit sur son lit et tapota la place à sa gauche. Aïnako se laissa tomber à côté de lui.

— Tu sais que c'est ta mère, qui m'a appris à maîtriser ma lumière ?

Elle fit non de la tête. Évidemment qu'elle ne le savait pas.

— Elle disait que ma lumière dormait au creux de mon ventre comme un feu gelé dont elle sentait la violence refoulée… Mot pour mot, je te jure.

— Comment tu as fait pour la réveiller ?

— Ta mère m'avait conseillé de penser à quelqu'un que je détestais. La lumière est souvent liée aux émotions. Plus elles sont vives, plus elles risquent de l'attiser.

Ils reprirent leurs positions respectives. Elle essaya de susciter en elle une émotion forte. Est-ce qu'elle détestait quelqu'un ? Taïs, évidemment, mais elle ne l'avait jamais vue et n'avait aucun visage à haïr ; c'était une haine trop distante. De quoi avait-elle le plus peur ?

D'échouer. De laisser leur ennemie détruire les elfes d'Élimbrel. De mourir et de laisser Éléssan et Naïké mourir avec elle. De souffrir, de sentir l'épée de Taïs s'enfoncer dans sa chair…

Mais c'était le calme plat. Elle n'arriverait jamais à maîtriser sa lumière. Et, même si elle y arrivait, elle ne serait jamais assez forte pour affronter Taïs. Éléssan aurait beaucoup plus de chances de réussir seul. C'était une erreur, de compter sur elle. Sa mère était censée être la plus forte et elle gisait maintenant dans un état plus proche de la mort que de la vie. Aïnako ne comprenait toujours pas pourquoi Silmaëlle était persuadée que sa fille pourrait réussir là où elle-même avait échoué, ni pourquoi elle avait essayé de vaincre Taïs si elle croyait que sa fille était la seule à pouvoir le faire. Pourquoi n'était-elle pas venue la chercher tout de suite ? Rien de tout cela ne serait arrivé et Iriel n'aurait pas sacrifié tous ses soldats pour la sauver.

Soudain, dans un énorme fracas, les livres de la bibliothèque volèrent dans tous les sens, les meubles se renversèrent et Éléssan heurta le mur derrière lui, alors qu'Aïnako restait où elle était, stupéfaite. Il se releva et éclata de rire.

— Ma lumière aussi avait tendance à exploser, au début. C'est bon signe, ça prouve qu'elle est puissante. Tu peux constater que ce n'est pas vraiment de la lumière, mais plutôt une force, un souffle extrêmement fort qui peut produire des ravages si on ne fait pas attention. Mais n'aie pas peur, je suis parfaitement capable de me défendre. Et cette chambre est bien isolée, contrairement aux dortoirs des recrues. Personne ne peut voir ni entendre ce qui s'y passe. Elle est spécialement conçue pour résister à ce type d'agression. On veut nous faire croire que c'est pour nous protéger en cas d'attaque, mais je crois que c'est surtout pour qu'on puisse s'exercer sans que tout le monde le sache…

Elle causa plusieurs autres explosions et détruisit encore une bonne partie du mobilier de la chambre avant de parvenir à contenir sa lumière dans un nuage d'énergie à l'intérieur de son ventre. Un cri de joie lui échappa, mais Éléssan la força à garder son sang-froid et à amener sa lumière vers sa main droite.

— Ouvre les yeux, dit-il.

Elle souleva lentement les paupières. Une immense sphère blanche brillait dans sa paume en tournoyant sur elle-même. Son ami souriait.

— Essaie de la projeter devant toi.

Elle tendit le bras. La sphère s'étira et se déploya pour s'évaporer presque aussitôt.

— Le mouvement doit partir d'ici, dit Éléssan en posant la main sur son propre nombril.

Il la fit recommencer jusqu'à ce qu'elle réussisse à atteindre des cibles précises. Lorsqu'il jugea sa maîtrise suffisante pour le moment, il décida de passer à une autre étape. Il ouvrit les ailes pour atteindre la dernière tablette de sa bibliothèque où il attrapa un long paquet rouge qu'il lui remit.

Soudain sérieuse, elle le prit en silence, l'ouvrit et resta un moment immobile à observer les petites pierres rondes et incolores qui brillaient sur toute la longueur de la poignée et de la garde argentées. Elle fit glisser le fourreau métallique et découvrit une épaisse lame de diamant qui se mit à projeter des arcs-en-ciel sur les quatre murs de la chambre. Elle sentait une sorte de force émaner de la pierre et traverser son bras, à la fois terrifiante et fascinante, comme si l'épée elle-même était vivante.

— C'est l'épée de ta mère. La poignée a été changée, mais c'est le même diamant.

— Sa lumière aussi était blanche ?

— Comme la tienne.

Elle se leva, attacha le fourreau à sa ceinture et esquissa quelques figures d'escrime qu'elle avait apprises quand elle était encore humaine.

— Tu bouges comme elle, dit Éléssan d'un air presque émerveillé. Tu n'as pas encore l'assurance de ta mère, mais ça viendra, j'en suis sûr. Tu as le même style.

Aïnako ralentit ses gestes.

— Mon style n'a pas changé, ce sont des mouvements que je connaissais déjà.

— Sauf que cette lame-ci est en diamant massif, donc beaucoup plus lourde que celles avec lesquelles tu t'entraînais. Mais, quand tu te battras avec ta lumière, tu auras l'impression qu'elle ne pèse rien. Et tu as ouvert les ailes sans même t'en rendre compte. Ça aide à bouger plus vite et à conserver son équilibre.

Elle essaya d'observer la façon dont elle bougeait, mais à force de décortiquer ses mouvements elle finit par s'empêtrer dans ses pieds. Elle ne savait pas si elle était contente d'avoir le même style que sa mère ou si elle aurait préféré en développer un bien à elle.

Son ami lui demanda d'utiliser son épée pour mieux diriger sa lumière et elle constata que le diamant augmentait la précision de ses jets lumineux, mais pas vraiment leur force. Il lui dit que ça viendrait, qu'elle manquait seulement de confiance en elle. Après quelques heures d'entraînement et un repas composé de galettes d'aubergine, de noix sucrées et de plusieurs tasses de potion énergisante, il annonça que les leçons étaient finies pour ce jour-là.

— Il faut bien que Handur ait encore deux ou trois choses à t'apprendre, ajouta-t-il avec un sourire.

Elle rit un peu jaune.

— Je ne m'en ferais pas trop avec ça.

— Encore ce manque de confiance ! Allez, viens, on va voir ta mère.

Trop décontenancée pour répondre, elle écarquilla les yeux.

— Tu… t'es sérieux ? finit-elle par bafouiller.

Ses mains étaient devenues moites. Mais qu'est-ce qui lui prenait d'être aussi nerveuse ? Elle se surprit à penser que c'était bien, que sa mère soit dans le coma ; ainsi elle ne serait pas obligée de lui parler. Elle s'en voulut immédiatement d'avoir eu une telle pensée. Elle voulait que sa mère se réveille, évidemment. Elle voulait la connaître. Mais, en même temps, cela lui faisait peur. Et si elle était déçue ? Et si sa mère était déçue ?

— Tu crois vraiment que je te ferais marcher à propos de ta mère ? dit Éléssan en enlevant les morceaux de meubles qui bloquaient la porte. Vas te changer et laisse ton épée dans la chambre de Naïké, les recrues n'ont pas le droit de se promener armées à Lilibé et aucune arme n'est admise au palais.

Après avoir troqué son pantalon et sa camisole pour une robe beige à motifs de bourgeons verts, elle alla rejoindre Éléssan et ils descendirent au rez-de-chaussée de la tour pour aller chercher Naïké dans les bureaux de l'Académie, lesquels étaient encore plus sobres que les chambres des militaires. Une grosse table ronde entourée d'une quinzaine de chaises trônait au centre de la pièce, mais Naïké et Handur semblaient être les seules personnes présentes.

— Tiens tiens ! résonna la voix grave du maître dès qu'ils passèrent la porte. De la grande visite !

Il se leva pour les accueillir et salua Éléssan en joignant les mains et en inclinant la tête.

— Commandant !

— Tu peux continuer à m'appeler Éléssan. Je suis le même que j'étais hier. Et je n'ignore pas que beaucoup auraient préféré que ce soit toi qui occupes mon poste.

— Bah, n'écoute pas les mauvaises langues. Moi, je sais que tu feras un excellent commandant. Tu peux compter sur mon appui.

Il donna une tape amicale sur l'épaule d'Éléssan et se tourna vers Aïnako.

— Bonsoir, Aïnako ! Comment vas-tu ? Pas trop nerveuse, de commencer les cours demain matin ? Naïké m'a dit que tu avais du talent. J'ai hâte de voir ça.

— Euh... fit Aïnako.

— Heureusement que je t'ai aussi dit de ne pas lui mettre trop de pression, fit remarquer Naïké en les rejoignant.

Elle ajouta à l'adresse de son amie :

— Il est toujours comme ça. Tu ferais mieux de t'habituer.

— Oh ! tu peux bien parler, toi. Aïnako, tu savais que du temps qu'elle enseignait ses élèves la surnommaient la Mygale ?

— Oui, j'en ai vaguement entendu parler...

Handur rit de bon cœur, mais il s'efforça aussitôt de retrouver un air sérieux.

— Bon, assez rigolé, j'ai d'autres escargots à fouetter, moi.

— Ouais, dit Naïké, on m'a dit qu'un de tes petits derniers était allé rendre visite aux gnomes et qu'ils n'ont pas du tout aimé se faire déranger par un jeune voyou d'elfe.

— Ne m'en parle pas ! Ça n'a pas huit ans et ça se prend déjà pour un chef de guerre. Je venais de lui faire mon discours sur la tolérance et la solidarité entre elfes, gnomes, ondins et feux follets et figurez-vous que l'espèce de vermisseau s'est mis dans la tête d'aller demander aux gnomes de nous aider à combattre Taïs.

— Mais ce n'est pas bête, dit Aïnako. Taïs ne s'y attendrait sûrement pas.

— Nous y avons déjà pensé, répondit Éléssan. Néréli et Silmaëlle sont même allées jusqu'à rencontrer le roi d'Okmern, le royaume situé en partie sous Élimbrel, mais il ne veut absolument rien savoir de notre guerre. Les gnomes ne se mêlent pas des affaires des elfes.

— Une grande reine, notre Silmaëlle ! commenta Handur. Taïs regrettera un jour de s'en être pris à elle, vous pouvez en être sûrs. Bon, à demain, Aïnako. Ne veille pas trop tard.

— Je tâcherai d'être sage.

Une fois Handur parti, Naïké mit sa veste qu'elle avait jetée en travers d'une chaise et demanda quel était le plan de la soirée.

— Et quelle excuse tu vas donner aux gardes ? demanda-t-elle quand Éléssan lui eut appris qu'ils se rendaient au palais. Ils ne connaissent pas Aïnako ; ils poseront des questions.

— Zoïrim va nous accompagner, répondit-il comme si ça expliquait tout.

Au moment où ils sortaient, une crinière de boudins jaunes virevolta devant eux. La fille qui, plus tôt cette journée-là, avait volé à Olian son laissez-passer venait de sortir d'une pièce voisine, une pile de vêtements verts et bruns dans les bras. Elle reconnut Aïnako et la gratifia d'un large sourire ; mais elle écarquilla les yeux en voyant les deux autres, qu'elle salua solennellement avec un « monsieur le commandant » très aigu à l'adresse d'Éléssan. Elle regarda une nouvelle fois Aïnako avec un air presque apeuré et déguerpit.

Naïké et Éléssan se mirent à dévisager leur jeune amie, abasourdis. Elle haussa les sourcils, ne comprenant rien à leur réaction.

— Tu la connais ? demanda Éléssan.

— Euh, oui... enfin, non, on s'est croisées ce matin, quand je me promenais, mais je ne la connais pas vraiment, je ne sais même pas son nom.

— Tu ne sais vraiment pas qui c'est ?

— Je devrais ?

— C'est Kaï, dit Naïké avec de grands yeux.

Aïnako réfléchit un instant. Kaï. Pourquoi ce nom lui disait-il quelque chose ?

— L'elfe sauvage ? dit-elle enfin. Celle qui veut prendre le trône ?

Ils confirmèrent d'un hochement de tête. « Oh merde ! » se dit Aïnako. Pourquoi n'avait-elle pas rapporté tout de suite l'incident avec le laissez-passer d'Olian ? Pour ne pas lui causer d'ennuis ? Pour que Zoïrim n'apprenne pas qu'il se l'était bêtement fait voler par une drôle d'elfe qui voulait voir la reine ? Pour ne pas causer d'ennuis à cette Kaï ? Elle n'était peut-être pas si méchante, cette fille! Elle l'avait tout de même aidée quand elle s'était évanouie; elle avait aussitôt redonné son laissez-passer à Olian pour qu'il l'emmène voir les guérisseurs du palais; elle avait nonchalamment glissé un bras sous le sien pour lui offrir du soutien et éviter qu'Olian s'aperçoive qu'elle avait de la difficulté à se tenir debout.

— Vous ne voulez plus que je lui parle? demanda-t-elle d'une voix un peu trop aiguë.

Elle ramena ses cheveux devant son visage pour cacher la teinte rouge brique de ses joues.

— Mais non, répondit Éléssan, tu peux parler à qui tu veux. Sois prudente, c'est tout. Je l'ai moi-même interrogée avant la réunion et elle m'a assuré qu'elle ne tenterait pas de monter sur le trône sans l'appui du conseil. Elle veut d'abord partir avec l'armée pour aller combattre Taïs et s'est inscrite à l'Académie. Vous ferez vos premières classes ensemble.

Ils quittèrent la tour et s'envolèrent dans l'air tiède du soir. Le soleil était presque couché et seule une ligne orangée illuminait l'horizon. Beaucoup d'elfes étaient rassemblés sur les plateformes ou dans les arbres, mais l'ambiance était plutôt sobre. Aïnako se demanda combien de soldats avaient été dépêchés pour aller aider les villages attaqués par Shamguèn, combien d'elfes priaient en ce moment même pour que leurs parents ou leurs amis s'en sortent sains et saufs.

Ils étaient presque rendus au palais quand des cris de terreur se mirent à résonner au loin, rapidement repris par d'autres, puis par d'autres encore. Autour d'eux, sur les plate-formes, tout le monde tournait la tête en tous sens pour tenter de découvrir ce qui se passait.

— Sauvez-vous ! Sauvez-vous ! commençait-on à entendre un peu partout.

Une peur instinctive sembla alors s'emparer de la cité. Des tables se renversèrent, des elfes s'envolèrent en désordre, leurs ailes s'entremêlant. Certains se mirent à crier les noms de leurs proches ou à exhorter leurs congénères à s'écarter de leur chemin.

Déconcertée, Aïnako voulut demander à Éléssan et à Naïké pourquoi tout le monde s'affolait, mais, avant qu'elle puisse ouvrir la bouche, ils l'agrippèrent chacun par un bras pour l'immobiliser et tirèrent leur épée. Naïké se retourna pour tenir son arme de la main droite tout en agrippant Aïnako de la gauche, prête à repousser quiconque l'approcherait par-derrière. Leur visage était tellement tendu qu'Aïnako sentit elle aussi l'affolement germer dans son ventre. Ses ailes commençaient déjà à chauffer et leurs mouvements étaient de plus en plus erratiques, contrairement à celles de ses amis qui battaient toujours au même rythme, vite et sans ampleur, de façon à maintenir leur altitude sans la frapper.

— Commandant Éléssan !

Ils tournèrent la tête et virent Olian qui volait à toute vitesse vers eux. Il s'arrêta d'un brusque coup d'ailes vers l'avant pour éviter de leur rentrer dedans et déclara sans reprendre son souffle :

— Commandant, ils arrivent ! Les soldats de Taïs sont à nos portes.

16

L'ASSAUT DE LILIBÉ

Comme si l'annonce d'Olian avait servi de déclencheur, des bruits semblables à des coups de tonnerre retentirent au-dessus de leur tête, alors que des éclairs de couleur se mettaient à parcourir le dôme de protection, jetant des reflets multicolores sur les arbres.

— Qu'est-ce que c'est? s'écria Aïnako. Les combats ont déjà commencé?

— Les soldats de Shamguèn tentent de briser le dôme, répondit Naïké.

Autour d'eux, la foule se faisait de plus en plus chaotique.

— Naïké, dit Éléssan, amène Aïnako dans ta chambre et restez-y.

— Non, protesta Aïnako, toujours pendue au bras de ses amis. Naïké est ta meilleure combattante; elle sera plus utile ici.

Éléssan planta ses yeux dans les siens.

— Partez. Maintenant.

Sa voix était ferme, son regard, inflexible. Ce n'était pas une demande, c'était un ordre. Elle capitula à contrecœur et Éléssan s'éloigna avec Olian. Naïké la prit par le poignet, son épée de rubis toujours serrée dans son autre main, et l'entraîna au-dessus des arbres. Son regard à elle aussi était froid, intraitable.

Des éclairs lumineux continuaient à attaquer le dôme au-dessus d'elles. Elles croisèrent un groupe de soldats, l'épée à la ceinture, qui fonçait vers l'entrée de la cité, le point le plus vulnérable du dôme de protection. Une grande elfe aux épaules carrées les interpella :

— Naïké, tu viens avec nous ?

— Je vous rejoins tout de suite.

Les doigts serrés autour du poignet d'Aïnako, elle poursuivit son chemin, plongeant parfois entre les arbres et sous les branches pour éviter les elfes affolés qui se précipitaient dans toutes les directions.

Une explosion de lumière submergea la cité. Le mur qui l'entourait vibra comme un gong avant de se décomposer en milliards d'étincelles qui s'éteignirent les unes après les autres en crépitant dans la nuit. Aïnako sentit une boule de terreur se former dans sa cage thoracique. L'ennemi avait réussi. Le dôme de protection ne protégeait plus rien.

Le ciel paraissait étrangement plus noir et plus loin.

Naïké accéléra. En voulant contourner un groupe d'elfes qui arrivait dans leur direction, elle fit une embardée de côté, se donna un élan sur une branche, repartit vers le haut et finit tête première dans un gros elfe à l'air confus qui semblait errer sans but. Elle retomba avec Aïnako, se rattrapa vivement et voulut reprendre son envolée, mais le groupe qu'elle avait tenté d'éviter les percuta. Ils chutèrent tous ensemble et s'écrasèrent sur une plateforme.

Elles se relevèrent les premières et aidèrent les autres à en faire autant. Un seul resta étendu. Sans lâcher son épée, Naïké s'assura qu'il était bien vivant et tenta de le réveiller à grandes gifles sur la figure. L'inconnu marmonna quelque chose et tenta d'ouvrir les yeux, mais rien de plus qu'une fente blanche n'apparut derrière ses paupières tremblantes et il retomba, inerte, sur la plateforme. Naïké poussa un juron et Aïnako vit qu'elle hésitait entre l'abandonner à son sort et l'emmener avec elles.

— Il faut le mettre en sûreté, dit-elle.

Naïké ne répondit pas. Elle regarda autour d'elle. Partout, des lumières de toutes les couleurs éclataient entre les arbres, de plus en plus nombreuses et effrayantes.

— On ne peut pas le laisser là, insista Aïnako.

Son amie émit un autre juron, sachant qu'elle avait raison.

— Prends ton bout, dit-elle en rangeant son épée pour soulever l'elfe inconscient par les épaules.

Aïnako agrippa les jambes de l'inconnu et elles bondirent de branche en branche jusqu'à une maisonnette entourée d'immenses fleurs blanches. Mais elles eurent beau frapper et appeler, personne ne leur ouvrit.

— Les lâches, dit tout bas Naïké. Je sais qu'ils sont là, je les entends.

— Ils ont peur, c'est tout. On pourrait le coucher au pied du mur; les fleurs le cacheront. L'armée de Shamguèn n'attaquera quand même pas les maisons!

— J'espère que non. De toute façon, on n'a pas le choix, il sera plus en sûreté ici que si on se fait attaquer parce qu'on ne se déplace pas assez vite.

Elles laissèrent donc l'elfe inanimé au milieu des fleurs. Naïké reprit sa protégée par le poignet et elles repartirent. Aïnako ne s'était jamais sentie aussi petite et impuissante.

Elles aperçurent bientôt l'imposante tour des militaires. Elles touchaient presque au but quand un cri tout près leur fit tourner la tête.

Aïnako vit d'abord des jets lumineux jaillir d'entre les branches, puis des soldats se précipiter vers elles, l'épée à la main, poursuivis par les assauts de leurs adversaires. Une éruption de lumière s'abattit sur elles. Les doigts de Naïké quittèrent son poignet. Aïnako l'entendit crier son nom, mais sa voix semblait lointaine, comme dans un rêve.

L'arrière de sa tête entra en collision avec un tronc d'arbre. Le choc se répercuta dans tous les os de son corps et elle dut lutter pour ne pas dégringoler jusqu'au sol. Elle se posa sur une branche et tenta de repérer son amie parmi les soldats qui se battaient devant elle. Son crâne l'élançait et elle avait l'impression qu'une nouvelle vision se préparait. Elle se demanda si elle devait rester cachée dans les arbres, où les soldats de Shamguèn finiraient sans doute par la découvrir, ou foncer tête première vers la tour des militaires.

Mais elle ne pouvait pas abandonner Naïké. Elle scruta une fois de plus la mêlée et hoqueta d'horreur en voyant les blessés qui tombaient, entourés d'un halo coloré, vers le pied des arbres. Certains réussirent à amortir leur chute d'un coup d'aile à la dernière seconde, et même à remonter avant de s'enfuir ou de reprendre les combats, mais d'autres s'écrasèrent dans un bruit mat qui lui souleva l'estomac.

Elle reporta son attention sur les combattants et eut presque un cri de joie en voyant Naïké s'arracher au groupe. Mais son sourire se figea quand deux soldats en uniforme blanc se jetèrent sur elle. D'une vague fuchsia, la guerrière les repoussa et se posa sur la large passerelle menant à la tour. Ses assaillants la suivirent et revinrent à l'assaut.

Naïké parvenait sans mal à se défendre, mais, quand un troisième ennemi osa l'attaquer par-derrière, Aïnako cessa de réfléchir et fonça. Elle se concentra, fit naître une sphère de lumière dans sa main et la lança sur le nouveau venu, qui fut projeté en bas de la passerelle. Elle se posa près de son amie.

Elle voulut répéter sa performance sur les deux autres, mais seul un faible rayon jaillit du bout de ses doigts, à peine assez fort pour aller chatouiller la joue d'un des soldats qui eut un sourire méprisant. Il délaissa son combat contre Naïké et se rua sur elle. Aïnako rouvrit les ailes pour s'éloigner. Le soldat braqua son épée dans sa direction. Naïké tenta de l'arrêter, mais l'autre soldat ne lui laissait pas un instant de répit. Cependant, aucun n'avait vraiment mesuré la force de leur adversaire, croyant sans doute qu'avec sa silhouette gracile elle ne leur opposerait pas une très forte résistance.

Dans un mouvement de toupie, Naïké

s'entoura d'un bouclier fuchsia et assomma l'attaquant d'Aïnako d'une vague lumineuse. Le soldat bascula dans le vide et elle bondit sur l'autre. Leurs épées s'entrechoquèrent brièvement, mais elle opta plutôt pour le corps à corps, où elle excellait à dérouter ses adversaires par sa rapidité et la robustesse inattendue de sa petite constitution. Elle lui envoya un violent coup de pied sur le tibia qui le fit grimacer et relâcher sa garde. Elle en profita pour lui planter son coude dans l'estomac et le tranchant de sa main dans la gorge. Pour finir, sa lame de rubis siffla comme un fouet et le soldat piqua du nez jusqu'au sol.

Aïnako se posa à nouveau sur la passerelle. Naïké se tourna vers elle.

— Sauve-toi ! Maintenant !

Elle se précipita vers la tour des militaires, mais un groupe d'ennemis lui bloqua le passage. Elle fit volte-face. Son amie était déjà occupée avec d'autres soldats, tous vêtus du blanc de l'armée de Shamguèn. Aïnako eut alors l'étrange certitude qu'un des soldats qui se trouvaient dans son dos se préparait à l'attaquer. Sans l'avoir vu, elle savait, chaque cellule de son corps savait qu'un torrent de lumière s'apprêtait à s'abattre sur elle.

Elle sentit ses muscles se crisper et le monde ralentir, alors qu'elle-même se déplaçait à une vitesse foudroyante. Elle pirouetta sur elle-même et une forme blanche, énorme, aveuglante, jaillit de son thorax et se rua sur ses assaillants, les projetant contre la tour ou en bas de la passerelle. Au même moment, une sensation de brûlure envahit sa poitrine, la tête se mit à lui tourner et elle se sentit soudain très faible, comme sur le point de s'évanouir.

— Ouah ! Avec de tels réflexes, je ne comprends pas pourquoi le commandant tenait tant à te mettre à l'abri.

Olian se posa près d'elle, en position de combat. Il n'avait pas d'arme.

— Disons que ma lumière est plutôt imprévisible, répondit Aïnako en essayant d'ignorer les points noirs qui dansaient devant ses yeux et la nausée qui venait de la gagner.

Olian leva les mains et une décharge rouge déferla sur les soldats qui se relevaient. Mais ceux-ci étaient mieux préparés et sa lumière se brisa contre le bouclier qu'ils déployèrent devant eux. Ils répliquèrent et ce fut à son tour d'élever un mur de lumière devant lui et Aïnako, qui avait encore la tête qui tournait et l'impression qu'elle risquait de sombrer dans une autre vision. Mais, en voyant Olian se battre seul contre tous ces ennemis, elle s'obligea à l'imiter. De toute façon, si elle restait immobile, elle allait s'effondrer.

Sa lumière mit du temps à se ranimer, mais, à force de copier les mouvements du jeune soldat, elle finit par la sentir monter en elle et se répandre dans son sang. Elle tendit les mains et un faisceau blanc émergea de ses paumes, loin d'être assez puissant pour menacer qui que ce soit, mais suffisamment brillant pour attirer l'attention de leurs opposants et permettre à Olian d'en renverser au moins un.

Plus elle bougeait, plus ses attaques gagnaient en puissance. Mais sa vue continuait de s'embrouiller et des images confuses, d'une autre guerre ou de celle-ci, commençaient à se superposer au présent. D'autres soldats vêtus de blanc apparaissaient parfois devant elle, mais ils se volatilisaient dès qu'elle tentait de les atteindre. Ce fut ce qui lui fit le plus peur. Ces soldats glissaient sur la passerelle comme des fantômes, sans se soucier d'elle ou de ses amis, mais en ayant tout de même l'air de se défendre contre des assauts invisibles.

Soudain désorientée, incapable de distinguer le réel de l'illusion, elle ralentit l'allure et sentit sa force s'étioler. Prise de panique, elle chercha Naïké des yeux, ou Olian, mais ils étaient trop occupés avec leurs propres adversaires pour voir sa détresse. Une terreur effroyable l'envahit.

Un elfe aux vastes ailes noires atterrit alors

devant elle et la débarrassa des ennemis qu'elle n'arrivait plus à repousser. Rapide comme l'éclair, son épée frappait partout à la fois, ne laissant aucune chance à ses opposants. Aïnako reconnut les yeux sombres et glacés d'Iriel. Mais il se battait si rageusement ! Pourquoi défendre un royaume avec tant d'acharnement quand on se réjouit de la perte de sa reine ?

Lorsqu'un soldat blanc arriva derrière lui, prêt à lui enfoncer son épée dans le dos alors qu'il se battait déjà contre trois adversaires, Aïnako sentit sa force lui revenir en bloc et ce fut tout son corps qui s'embrasa pour terrasser l'attaquant d'un raz de marée opalescent. Aussitôt prise d'une subite faiblesse, elle sentit qu'elle perdait connaissance.

Ce fut le contact de la main d'Iriel sur son bras qui la réveilla. Il l'enserrait fermement en la faisant valser pour l'écarter du tir ennemi. Sa lumière bleu argenté les enveloppait tous les deux, et, durant ce court instant où elle oscillait encore entre vision et réalité, elle eut l'impression d'avoir retrouvé quelque chose qu'elle avait perdu depuis une vie entière. Mais cette étrange sensation s'évanouit la seconde d'après, quand il la posa sur ses pieds en lui demandant si elle allait bien.

Elle fit oui de la tête, mais une immense frayeur l'envahit dès qu'il la lâcha. Les mêmes images de soldats fantômes se mirent à flotter devant ses yeux et elle sut que cette vision était celle de la guerre où sa mère était devenue reine, celle où sa grand-mère, Néréli, était morte. Elle sentait la présence de Silmaëlle en elle, comme si elles ne formaient plus qu'une seule et même personne. Elle voyait par les yeux de sa mère. Elle ressentait sa rage et son acharnement alors qu'elle se battait contre les mêmes ennemis. Elle suivait chacune de ses pensées, chacune de ses peurs. Elle vivait tout avec elle. Elle était elle.

Quand Silmaëlle vit Néréli s'effondrer dans une gerbe de sang, une épée plantée dans le cœur, Aïnako hurla en même temps qu'elle. Elle sentit la peur étouffer sa mère alors qu'elle s'élançait vers Néréli, qu'elle s'agenouillait près d'elle, qu'elle regardait ses yeux rouler dans leur orbite, qu'elle appuyait une main sur sa blessure pour tenter d'arrêter le sang qui continuait de couler, brûlant entre ses doigts glacés, imbibant ses vêtements et le sol, trop rouge en comparaison de la peau de plus en plus pâle de la reine.

Alors, Silmaëlle leva les yeux et vit Iriel, le soldat aux cheveux longs qu'Aïnako avait aperçu quelques heures plus tôt dans une autre vision, qui la fixait aussi d'un regard impénétrable.

Aïnako dut faire appel à toute sa volonté pour se détacher des souvenirs de sa mère et réintégrer la réalité. Iriel, le vrai, l'avait reprise par la taille pour la soulever. Il la tenait fermement contre lui tout en frappant un nombre incalculable d'ennemis. Aucune expression n'animait son visage.

— Tu… tu peux me poser. Je crois que ça va aller.

Il l'ignora. Pour lui prouver et se prouver à elle-même qu'elle n'était pas qu'un fardeau superflu, elle se concentra sur la source de sa lumière et propulsa un éclair blanc sur un soldat ennemi. Iriel sembla satisfait. Il desserra son étreinte et Aïnako glissa sur ses pieds. La vision qu'elle venait d'avoir la hantait encore, mais une force nouvelle semblait l'animer, comme si sa mère était toujours présente à l'intérieur d'elle.

Les ennemis restants tombèrent un à un devant leurs attaques conjuguées. Quand il n'en resta plus que deux, Aïnako risqua un coup d'œil derrière elle. Naïké virevoltait entre les combattants, le fuchsia explosait partout dans son sillage et ses attaques ne rataient jamais leurs cibles. Par contre, Olian n'avait toujours pas d'arme et son bouclier rouge faiblissait à vue d'œil.

Jugeant qu'Iriel n'avait pas besoin d'elle pour

venir à bout de ses adversaires, elle fila pour l'aider. Avec un mouvement des bras comme pour éclabousser quelqu'un, elle projeta une vague blanche sur l'opposant d'Olian. Le soldat n'eut pas trop de mal à parer l'attaque, mais la diversion permit au neveu de Naïké de raffermir son bouclier.

— T'es gentille de passer me voir ! dit Olian avec un sourire quand elle vint se placer à côté de lui.

Comment pouvait-il plaisanter à un moment pareil ? Aïnako se préparait à lancer une seconde attaque quand un souffle multicolore renversa leur ennemi et le projeta en bas de la passerelle. Olian et elle se retournèrent. Un groupe de soldats vêtus de vert et de brun venait de se poser près d'eux. Aïnako reconnut la grande elfe costaude qu'elle avait croisée avec Naïké.

— Le commandant s'en vient, cria un autre elfe d'Élimbrel. Nous avons massacré les guignols de Taïs à l'entrée de la cité.

Les soldats blancs semblèrent inquiets et leur inquiétude grandit encore quand un des leurs se posa en hâte parmi eux. Il dit quelque chose qu'Aïnako ne comprit pas et la moitié d'entre eux s'envolèrent, probablement pour rejoindre d'autres soldats encore plus mal en point qu'eux. Mais ils n'eurent pas le temps d'aller bien loin. Iriel fondit sur eux, en accrocha un par le pied pour le rejeter sur la passerelle, en frappa un autre de son épée et submergea le reste d'une gigantesque vague bleu métallique.

Captivée par ce véritable feu d'artifice, Aïnako n'eut pas conscience qu'un soldat ennemi s'apprêtait à la transpercer. Elle sentit seulement le fil de sa lame lui déchirer l'épaule alors qu'Olian la plaquait au sol. Un nuage de lumière blanche sortit aussitôt de sa coupure et enveloppa son épaule pour accélérer sa guérison. À moitié couché sur elle, Olian projeta un torrent rouge qui fit reculer leur ennemi jusqu'à ce qu'il bute contre un soldat d'Élimbrel qui venait de se débarrasser de son adversaire et sembla ravi d'en trouver un nouveau.

Olian se releva, une sphère écarlate dans chaque main. Aïnako le rejoignit, prête à le seconder malgré son épaule en feu et son bras engourdi, mais les soldats de Shamguèn, qui semblaient si nombreux un instant auparavant, se démenaient maintenant contre deux ou même trois soldats d'Élimbrel chacun.

— Merci, murmura Aïnako quand le regard d'Olian accrocha le sien.

Sans un mot, il posa une main sur son épaule blessée. Elle frémit en sentant sa lumière se mêler à la sienne. Une seconde plus tard, sa coupure avait complètement disparu.

— Merci, murmura-t-elle encore.

Autour d'eux, la peur commençait à avoir raison de leurs ennemis.

— Où sont-ils ? Mais où sont-ils donc ? pouvait-on les entendre crier.

Quand la voix d'Éléssan résonna au-dessus de leur tête, leur ordonnant de se rendre, ce ne fut plus la peur qui se lut sur leur visage, mais la terreur. Le commandant d'Élimbrel était entouré d'une cinquantaine de soldats groupés en paires, chaque paire retenant un prisonnier vêtu de blanc et chaque prisonnier ayant les mains attachées dans le dos par des menottes noires.

Les soldats de Shamguèn hésitèrent, mais finirent par se rendre à l'évidence et jetèrent leurs armes. Éléssan se posa sur la passerelle, suivi de deux de ses soldats. Pendant que l'un passait les menottes aux vaincus, l'autre pointait son épée sur leur poitrine.

— Du diamant noir, murmura un prisonnier près d'Aïnako. Où ont-ils trouvé autant de diamant noir ? Je croyais que les…

Un autre soldat lui adressa un regard qui le fit taire.

Une fois Éléssan parti avec les prisonniers, un second groupe arriva pour s'occuper des morts et des blessés. Naïké et Olian les aidèrent à glisser les corps inanimés sur des civières de feuilles et de branches, mais Aïnako était incapable de bouger, la vue et l'odeur du sang lui rappelant trop sa vision. Elle n'avait jamais remarqué que le sang avait une odeur, mais elle comprenait à présent que cette odeur lui donnait envie de vomir et de pleurer.

— Aïnako, murmura soudain Naïké, tout près d'elle.

Elle la fixa un moment sans vraiment la voir. Son amie sourit et l'enlaça doucement. Elle lui rendit son étreinte, mais n'arriva pas à chasser l'image de sa grand-mère s'effondrant, une épée fichée dans le corps, au milieu des combats qui continuaient à faire rage.

Elle ferma les yeux et essaya de s'imaginer chez elle, dans sa maison, avec sa tante et ses cousins, loin du sang, des lumières et des épées, loin des visions et des reines vengeresses.

La présence de Naïké finit par l'apaiser. Même si elle était plus grande, son amie dégageait une telle force qu'elle semblait capable de prendre la terre entière dans ses bras.

17

Fragments de souvenirs

Épuisée, le corps agité de tremblements, Aïnako s'effondra dans un des fauteuils bariolés de la chambre. Les mêmes images sanglantes se succédaient à l'infini devant ses yeux.

Naïké posa une couverture sur ses épaules et s'assit dans le fauteuil le plus près. Elle l'observa sans rien dire, se contentant de rester près d'elle. Aïnako replia ses jambes contre elle et entoura ses genoux de ses bras, la couverture serrée dans ses poings. Elle grelottait comme en plein mois de janvier. Un léger grattement à la porte rompit le silence. Éléssan entra et vint s'asseoir sur le bras de son fauteuil. Elle ne leva même pas les yeux vers lui, trop hébétée pour faire autre chose que trembler en regardant le plancher. Il lui caressa les cheveux et, lentement, elle laissa aller sa tête contre lui.

Ses yeux s'emplirent de larmes que ses paupières closes n'arrivèrent bientôt plus à contenir. Un premier sanglot lui échappa et elle n'eut pas la force de retenir les suivants. Naïké s'assit sur l'autre accoudoir et lui frotta doucement les bras à travers la couverture.

— Je l'ai vue, finit par hoqueter Aïnako. J'ai vu la mère de ma mère… Je l'ai vue tomber et j'ai senti son sang couler sur mes mains, sur mes cuisses. Elle était déjà morte. Je l'ai vue mourir.

Ses amis ne dirent rien et elle continua de pleurer en leur racontant sa vision par bribes interrompues. Quand elle eut fini, Éléssan s'accroupit devant elle.

— Tu devrais dormir, maintenant. Tout ira mieux demain.

— Est-ce que je dois encore aller à l'Académie ?

— Seulement si tu le veux toujours. Mais tu auras droit à quelques heures de sommeil de plus ; les cours ne commenceront pas avant midi.

— Une autre réunion ? demanda Naïké.

— On va d'abord interroger les prisonniers. Après, on se réunira pour planifier la suite.

— Une autre nuit blanche ?

— Je vais méditer une heure ou deux avant.

Son regard revint sur Aïnako.

— Tu t'es montrée digne de ton titre, aujourd'hui… Je suis fier de toi, en tant que commandant, mais surtout en tant que grand frère.

D'ordinaire, elle aurait peut-être ri de ces paroles si solennelles, mais les yeux d'Éléssan étaient tellement sincères qu'elle sentit les larmes recommencer à couler sur ses joues.

— Tout ira bien, dit-il en se levant et en l'embrassant sur le front.

Elle se leva aussi pour le serrer dans ses bras et il la serra encore plus fort.

— Dors bien, murmura-t-il en déposant un autre baiser à la racine de ses cheveux.

— À demain, grand chef, dit doucement Naïké en le reconduisant à la porte.

— Six heures ! Ne sois pas en retard.

— Je ne suis jamais en retard. Et ne te surmène pas trop ; tu sais que tu deviens grognon, quand tu passes la nuit à jouer au tortionnaire.

— Dis donc soldate, sois plus polie avec ton commandant, sinon je te colle aux travaux forcés.

— Ta meilleure combattante ? Tu n'oserais jamais.

— Peut-être. Par contre, je ne suis pas obligé de te faire goûter la bouteille de nectar qu'Otalia m'a remise pour ma nomination.

Naïké eut une exclamation outragée et

répondit quelque chose qu'Aïnako n'entendit pas; elle s'était endormie d'un lourd sommeil comateux, roulée en boule dans son fauteuil.

Quand elle se réveilla, la chambre était toujours plongée dans le noir et elle se demanda si c'était encore la nuit. Mais pas longtemps. La porte s'ouvrit sur un filet de lumière éblouissante et se referma aussitôt. Elle s'assit en gardant les draps sous son menton, ce qui lui fit prendre conscience que ses amis avaient dû la transporter dans son lit sans qu'elle se réveille.

Naïké alluma une lampe et s'assit devant elle en tailleur au pied du lit. Son uniforme était propre et parfaitement repassé et ses éternelles couettes n'avaient pas un poil de travers. Elle souriait, mais le mauve de ses yeux semblait plus sombre. Elle avait l'air triste. Aïnako voulut lui demander si elle connaissait des gens parmi ceux qui étaient morts la veille, mais elle ne trouva pas les mots.

— Va prendre une douche, dit son amie en lui tendant une serviette surmontée d'une petite pile de vêtements. Tu te sentiras mieux après.

Elle aurait préféré rester au lit, mais elle s'exécuta parce que ses cheveux lui collaient au visage et qu'elle avait encore des traces de sang séché sur l'épaule et le bras.

Une demi-heure plus tard, elle avait revêtu l'habit vert et brun de l'armée et relevé ses cheveux mouillés en une longue queue de cheval sur le dessus de sa tête. Elle observa son reflet dans le miroir et fut presque surprise de voir à quel point elle n'avait pas changé. Aucun cheveu blanc, aucune ride n'étaient apparus pendant la nuit.

Étrangement, le fait de voir son visage la rassura. Elle commençait à s'habituer à sa peau verte et à ses cheveux rouges. Ses yeux gris semblaient un peu plus argentés que la veille et elle se demanda si c'était dû à sa lumière qui s'était réveillée et qu'elle pouvait encore sentir comme un point de chaleur dans son ventre. Elle posa une main sur son nombril. Elle ne sentit pas ladite chaleur, mais s'aperçut qu'elle mourait de faim.

Elle sortit de la salle de bain, prit ses bottes et s'assit dans un fauteuil pour les enfiler. La semelle semblait faite d'un bois ou d'une écorce étonnamment malléable, le reste de feuilles et de tiges vernies et compressées.

— Comment vous faites pour que le bois devienne aussi souple et les feuilles aussi solides ?

— Eh ! Est-ce que j'ai l'air d'une bottière ?

dit Naïké en posant une assiette pleine de tartines de miel sur la table à café.

— Non, mais tes bottes sont tellement délabrées que je me suis dit que tu avais peut-être essayé de les démonter pour voir comment elles étaient faites et que tu n'avais jamais réussi à les remonter.

— Tu oses insulter mes bottes? Tu sauras qu'elles ont au moins quatre fois plus de vécu que toi.

Aïnako mordit dans une tartine et rit la bouche pleine.

— Je ne savais pas que tu y étais à ce point attachée.

— Tu m'en reparleras quand tu auras passé à travers autant de batailles que moi.

Elle cessa de rire.

— Si je me rends jusque-là…

La guerrière s'approcha d'elle et vrilla son regard dans le sien, à la manière d'Éléssan quand il voulait lui dire quelque chose de fondamental.

— Il ne t'arrivera rien! Tu vas apprendre à te battre et, après, si tu ne te sens pas assez sûre de toi pour partir avec l'armée, tu pourras rester ici. Si tu décides de nous accompagner, Éléssan et moi ne laisserons aucun ennemi s'en prendre à ta vie. Promis. Et je te ferai remarquer que j'étais avec toi, hier. Pour une fille qui était encore humaine il y a trois jours, laisse-moi te dire que tu t'es débrouillée comme une pro.

Aïnako eut une moue sceptique. C'était vrai qu'elle imaginait mal Chloé ou n'importe quelle fille de son école se battre contre une horde de soldats armés. Elle-même ne s'en serait jamais crue capable. Mais c'était seulement la chance, et peut-être aussi sa mémoire maternelle, qui lui avait permis de s'en sortir, pas sa force ou son intelligence.

— Si tu ne finis pas ta tartine, je vais la manger à ta place, dit Naïké.

Aïnako termina sa tartine et, malgré son angoisse, engloutit presque toutes les autres. Elle venait tout juste de se caler dans son fauteuil pour digérer quand son amie s'exclama :

— Bon ! C'est l'heure.

— Quoi, déjà ?

— Oui, il vaut mieux que tu arrives à l'avance. Handur a horreur des retardataires. Et, crois-moi, tu ne veux pas te retrouver sur sa liste noire.

Elle s'aplatit sur le plancher et tira de sous le lit le long paquet rouge qu'Éléssan lui avait remis la veille. Aïnako attacha le fourreau à sa ceinture et sortit son épée en faisant attention de ne pas s'amputer un membre ou décapiter Naïké.

— On ne va quand même pas se battre avec ces machins-là aujourd'hui ?

— Pas la première journée. Ce serait du suicide. C'est seulement pour vous entraîner à condenser votre lumière. Vous vous battrez peut-être avec des épées de bois, mais pas avec les vraies.

Naïké sortit sur le balcon et Aïnako la suivit après avoir rengainé son arme.

— Un dernier conseil pour que je paraisse moins nulle que je ne le suis ?

Son amie rit et pencha la tête de côté.

— T'es vraiment têtue, des fois ! Mais bon ! Si jamais Handur se fâche après toi, demande-lui si ses enfants ont enfin appris à produire une sphère de lumière sans faire exploser la maison et si sa femme a déjà accouché de son neuvième. Ça devrait changer le mal de place.

— Ou le pousser à me provoquer en duel ?

Aïnako se pencha sur la balustrade pour regarder en bas et son cœur se mit à battre plus vite. Des dizaines de recrues, portant toutes le vert et le brun de l'armée et une épée à la ceinture, se massaient dans la cour. Il y avait donc tant de gens prêts à risquer leur vie pour un royaume ? Mais peut-être que, comme pour elle, ce n'était pas vraiment un choix ; c'était ça ou se détester pour l'éternité.

Elle prit une grande inspiration et se dirigea vers l'escalier.

18

L'Académie

Le soleil semblait briller juste au-dessus de la tour, emplissant de sa clarté tout le cercle de la cour. Aïnako s'avança parmi les autres recrues, ne sachant trop où se mettre. Elle observa les visages comme si elle cherchait quelqu'un, mais, naturellement, au premier coup d'œil elle ne reconnut personne. Elle se dirigeait vers le fond de la cour parfaitement ronde, ou du moins vers le point opposé à la porte principale, quand un bref éclair jaune citron apparut à travers la mer de têtes multicolores. Elle s'approcha et vit la fille de la veille adossée contre le mur, ses énormes boudins rivalisant d'éclat avec le soleil de midi.

— Salut, dit Aïnako en s'adossant à côté d'elle.

— Salut, répondit Kaï après un court silence. C'est ton pote le commandant qui t'envoie ?

— Éléssan ? Non. Pourquoi il m'enverrait ?

— Tu ne lui as pas raconté comment on s'est rencontrées ?

Elle sentit la température de ses joues augmenter légèrement.

— Tu ne me paraissais pas bien méchante, dit-elle en haussant les épaules pour se donner une contenance. Ce n'est pas comme si tu avais vraiment réussi à voir la reine.

Kaï la fixa un moment avant de pouffer de rire, en se cachant d'abord derrière ses mains, puis à gorge déployée.

— Tu es jeune, hein ?

— Et toi, tu as quel âge ? répliqua Aïnako en essayant de se donner un air vexé, même si elle ne l'était pas vraiment.

— Jeune et curieuse, hein ? Mais tu n'as pas fait tes devoirs. Si je suis vraiment celle que je prétends être, la réponse est inscrite dans mon histoire. Je suis née quelques jours avant la mort de Tsamiel, ma mère naturelle.

Aïnako s'apprêtait à répliquer que, si elle avait entendu son histoire, elle ne connaissait pas par cœur la date du décès de Tsamiel, quand la voix tonitruante de Handur la fit sursauter.

— Silence !

Les conversations cessèrent sur-le-champ.

— Je n'ai pas de temps à perdre avec le discours de bienvenue habituel, poursuivit le maître d'armes. Vous savez tous que la situation est plus que critique. Élimbrel aura peut-être besoin de vous dans un avenir pas si lointain. Vous allez commencer par former des équipes de deux. La personne la plus proche fera très bien l'affaire. Allez, vous n'avez pas le temps de vous faire la cour.

Aïnako s'allia naturellement avec Kaï, et Handur les fit s'exercer à des mouvements de combat à mains nues, c'est-à-dire sans arme ni lumière. Ses assistants et lui passaient voir les couples de combattants, aidant surtout les moins doués et commentant la technique de chacun.

Aïnako remercia silencieusement Naïké pour toutes les séances de torture, surtout des leçons de boxe et d'arts martiaux, qu'elle lui avait fait endurer depuis son enfance. En effet, Kaï s'avéra une adversaire redoutable. Elle la forçait continuellement à se protéger avec ses genoux et ses bras sans jamais offrir la moindre ouverture. Mais elle se fatigua vite, ses coups se firent de moins en moins puissants, de plus en plus espacés, et Aïnako parvint enfin à prendre le dessus.

— Pas mal, pour une petite jeune, jeta Kaï. Mais, maintenant, ne le prends pas personnel, je vais m'imaginer que tu es Taïs, question de réveiller la sauvage en moi.

Elle émit une sorte de rugissement moqueur et éclata de rire. Aïnako ne se laissa pas décontenancer et l'obligea à reculer jusqu'au mur, que Kaï utilisa pour se donner un élan, exécuter un magnifique saut périlleux et atterrir derrière elle. Aïnako para chacune de ses attaques, mais accueillit avec soulagement le coup de sifflet de Handur.

— On change de partenaire, cria-t-il. Et que ça saute !

Aïnako put ainsi se mesurer à chacun des élèves de la classe. La plupart étaient beaucoup moins habiles que Kaï et, à son grand plaisir, elle constata qu'elle était loin d'être nulle. En fait, grâce aux enseignements d'Éléssan et de Naïké, elle croyait même être parmi les meilleures.

— Vous avez bien travaillé, annonça Handur quelques heures plus tard, même si vous manquez sérieusement d'entraînement. Vous avez vingt minutes pour vous reposer et avaler une bouchée, pas une seconde de plus.

Trop épuisées pour parler, les recrues se dirigèrent vers la sortie. Kaï rejoignit Aïnako dans l'escalier qui menait à la cafétéria des militaires, au premier étage de la tour.

— Ce sont tes copains, le commandant et celle que tout le monde surnomme la Mygale, qui t'ont appris à te battre ?

— Ils m'ont montré quelques trucs. Et toi, tu as appris comment ?

— Par moi-même. Quand Néréli est morte et que Silmaëlle a été couronnée, ça m'a fait l'effet d'un coup de pied dans le ventre. Je me suis dit que c'était moi qui aurais dû me retrouver sur ce trône… ou dans cette tombe. J'ai donc commencé à m'exercer pour apprendre à me battre et à maîtriser ma lumière. Je ne voulais pas être une reine de pacotille, incapable de se défendre.

— Ainsi, tu veux vraiment être couronnée reine ?

Kaï ne répondit pas tout de suite. Elles passèrent devant des dizaines de tables de formes et de grosseurs inégales. Aïnako chercha Naïké et Éléssan parmi les soldats qui discutaient entre eux, mais ils n'étaient pas là. Olian non plus. Elles s'arrêtèrent devant un comptoir rempli de fruits et de gâteaux et garnirent leur assiette.

— Je veux que tout le monde connaisse la vérité, dit enfin Kaï. Mais, si jamais je monte sur le trône, je tiens d'abord à prouver ma valeur, et donc à affronter Taïs. J'ai passé les soixante-quinze premières années de ma vie à dormir, manger, m'amuser, m'amuser et m'amuser encore, comme tous les elfes sauvages. C'est vrai que c'est presque tout ce qu'on sait faire; enfin, la majorité d'entre nous.

— Tu as presque cent ans? fit Aïnako, impressionnée, tandis qu'elles s'assoyaient à une petite table.

Kaï rit.

— Je vois que tu ne connais pas grand-chose à la vie des elfes sauvages. Je suppose qu'on ne vous parle pas beaucoup de nous à l'école, sauf peut-être pour vous mettre en garde contre nos vilains coups pendables. La vérité, c'est que nous ne devenons pas plus sages avec les années. La seule chose qui nous intéresse, c'est de nous amuser! Chez nous, il n'y a aucune règle, personne ne va à l'école, personne ne travaille, personne ne compte les jours.

Elle se tapota la tempe du bout de l'index.

— En vérité, je ne suis pas vraiment plus vieille que toi là-dedans.

— Mais pourquoi tu n'as pas choisi de te présenter avant? La reine t'aurait sûrement écoutée.

— J'avais peur de la réaction des gens. Je ne sais pas si tu as remarqué, mais je ne suis pas vraiment l'idole numéro un, par ici. Je crois que, pour beaucoup de Lilibéens, les elfes sauvages sont comme des animaux bizarres et comiques, un peu plus intelligents que des chiens, un peu moins que des singes. Si tu savais tout ce qu'on m'a fait subir depuis deux jours ! Et après on dit que les elfes sauvages ne savent pas faire la différence entre l'humour et la cruauté.

Ce fut à ce moment que, comme pour illustrer ses propos, une recrue aux longs cheveux lilas fonça dans leur table en renversant tout le contenu de son verre de jus de pivoine sur le t-shirt de Kaï. Elle laissa aussitôt tomber un bref « pardon », beaucoup trop accentué pour être sincère, et s'éloigna à grandes enjambées, le nez vers le plafond.

— Eh ! cria Aïnako.

Elle se leva à moitié, pensant que Kaï allait la suivre, mais elle avait pris une serviette de tissu sur la table et se contentait d'éponger son t-shirt avec un air morose.

— Mais cette fille a fait exprès de te bousculer, dit Aïnako en se rassoyant. Tu ne peux pas te laisser faire comme ça !

Kaï frotta encore son t-shirt maintenant vert et rouge sale. Elle le sentit et grimaça.

— Je veux éviter d'attirer l'attention, dit-elle en rejetant sa serviette sur la table. Si je cause trop d'ennuis, le commandant ne me laissera pas partir avec sa troupe pour aller faire la guerre à Taïs.

— Pourquoi tiens-tu tant à aller combattre Taïs ?

— Je te l'ai dit, non? Je veux prouver ma valeur.

— C'est tout?

— Ce n'est pas assez?

— Peut-être que je me trompe, mais j'ai l'impression que tu ne tiens pas tant que ça à la couronne. Je crois que, ce que tu veux, ce que tu veux vraiment, c'est régler tes comptes avec Taïs, parce que c'est à cause d'elle que tu n'as jamais connu ta mère. Maintenant que j'y pense, je crois que tu voulais voir la reine pour constater par toi-même l'étendue de son pouvoir et de sa cruauté. Je me trompe?

Quelques secondes s'écoulèrent, puis Kaï partit d'un de ses rires en cascade. Elle fixa Aïnako d'un œil espiègle.

— Tu n'as pas tout à fait tort, mais tu n'as pas tout à fait raison non plus.

— Qu'est-ce que tu veux dire?

— Tu sais que Tsamiel, ma mère, était la sœur cadette de Taïs.

Aïnako mit un instant à comprendre ce que cela impliquait.

— Tu te souviens de ce que Taïs a fait avant de s'enfuir? souffla-t-elle enfin en écarquillant les yeux.

— Non. Et c'est justement pour ça que je tiens à partir avec l'armée.

— Tsamiel ne savait donc pas ce qui a poussé Taïs à tuer leur père ?

— Je crois qu'elle le savait très bien, mais qu'elle a fait exprès de me le cacher.

— On peut faire ça, cacher des choses à ses enfants ? Je croyais que c'était impossible, avec la mémoire parentale et tout.

— C'est difficile, mais faisable. Avec beaucoup d'adresse. Elle m'a laissée à mon père dès ma naissance pour que je me souvienne le moins possible de son existence, mais j'ai quand même passé treize mois dans son ventre et c'est suffisant pour que je me rappelle certaines choses.

— De quoi te souviens-tu ?

— Que ma mère détestait sa sœur et qu'elle en était jalouse au point de souhaiter sa mort.

— Tu veux réhabiliter Taïs ? s'exclama tout bas Aïnako, d'un air horrifié qui fit rire Kaï.

— Jamais ! Peu importe ce qui l'a poussée à devenir ce qu'elle est, ses crimes sont impardonnables. Il suffit de repenser à la bataille d'hier.

Aïnako hocha la tête en revoyant Néréli mourir dans les bras de Silmaëlle.

— Je veux prouver ma valeur, et ça, c'est la vérité, poursuivit Kaï. Mais, ce que je veux surtout, c'est savoir ce qui s'est réellement passé avant que Taïs n'assassine son père. Je veux savoir pourquoi ma mère la haïssait et j'espère qu'en voyant ma tante ça réveillera les souvenirs qu'elle a essayé de me cacher.

Kaï fit une pause, soupira, appuya un coude sur la table et la tête sur son poing.

— Mais, ce qui m'importe encore plus, poursuivit-elle, c'est la liberté de mon peuple. Tu sais que l'armée ne se déplace même pas quand Taïs assiège un de nos campements ? Les elfes sauvages ne sont pas des sujets d'Élimbrel. Ce que je veux, c'est faire valoir les droits de mon peuple, mais, pour ça, il faut d'abord que je démontre ma bonne foi... et mon allégeance.

Kaï se tut. Aïnako ne savait pas quoi dire. L'armée ne se déplaçait pas pour les elfes sauvages ? Cela lui paraissait absurde... Les choses allaient-elles changer avec Éléssan ? Mais était-ce vraiment le commandant qui décidait ? Elle espérait que ce ne soit pas la reine. Sa mère ne pouvait pas être aussi... inhumaine.

Elle baissa les yeux sur ses mains vertes et réalisa, avec un tressaillement coupable, qu'elle n'avait pensé ni à tatie Vivi ni à Chloé de toute la journée.

— J'ai croisé Handur après les cours. Il paraît que tu t'es déjà fait une amie, dit Naïké en reculant d'un coup d'aile pour éviter la vague blanche qui fonçait sur elle.

Malgré les protestations d'Aïnako, qui ne sentait plus ni ses bras ni ses jambes à cause de la bataille de la veille et des exercices de l'après-midi, Naïké avait insisté pour qu'elle suive aussi ses entraînements privés, et ce, tous les soirs après les cours. Sans exception.

— J'imagine qu'il parlait de Kaï, mais ce n'est quand même pas moi qui nous ai mises dans la même chambre, fit-elle remarquer en se posant sur une branche qui rebondit légèrement sous son poids.

— Non, c'est Éléssan, dit Naïké en lui lançant un jet de lumière. Bloque-le ! Bloque-le ! Utilise tes ailes pour rester en place et te donner plus de force.

— Éléssan ? fit Aïnako en transformant son bouclier en étoile filante. Pourquoi ?

Naïké bloqua l'attaque et un faisceau fuchsia jaillit de son épée.

— Il croit qu'il vaut mieux ne pas la perdre de vue, connaître nos ennemis potentiels, ce genre de trucs…

— Kaï n'est pas une ennemie, dit Aïnako en étendant un mur translucide devant elle et en agitant les ailes pour éviter de perdre pied. Elle ne veut aucun mal à la reine ni à qui que ce soit, sauf peut-être à Taïs.

Elle propulsa une vague blanche sur son amie qui fouetta l'air des quatre ailes et fila vers les branches les plus hautes.

— Tu connais Éléssan ! dit la guerrière en se retournant. Il veut toujours s'assurer de ne rien louper.

Elle bloqua une attaque et riposta en reprenant sa tirade.

— Il s'en fait seulement à cause des informations qu'il a réussi à obtenir la nuit passée. Beaucoup de prisonniers lui ont dit qu'ils attendaient des renforts qui ne se sont jamais pointés.

Aïnako, qui avait déployé un bouclier blanc sur lequel la vague fuchsia de son opposante s'était désintégrée, s'immobilisa sur une branche.

— Comment il a fait pour les faire parler ? Il ne les a pas torturés, j'espère !

— Bien sûr que non ! Ils savent que leur coopération peut faire la différence entre un emprisonnement de six ans ou de six siècles.

— Et Éléssan croit que ce pourrait être des elfes sauvages, ces mystérieux renforts que les soldats de Taïs attendaient ?

— C'est une des hypothèses du conseil.

Les deux amies étaient maintenant parvenues au sommet de l'arbre, où le soleil couchant transformait le vert des feuilles en bronze.

— On ferait mieux de rentrer, dit Naïké en rengainant son épée.

Aïnako fit de même et, soulagée de pouvoir enfin reposer ses pauvres muscles, s'envola la première. Mais, au moment où ses orteils quittaient l'écorce, elle éprouva la même sensation étrange que la veille, alors qu'elle se battait devant la tour des militaires. Elle eut la conviction qu'un jet de lumière s'apprêtait à la frapper dans le dos. Elle fit volte-face et la même forme éblouissante émergea de sa poitrine pour aller percuter la vague fuchsia qui sortait des mains tendues de Naïké.

Tous les muscles crispés, Aïnako pouvait sentir sa lumière bouillonner dans son ventre et se concentrer dans son thorax avant d'exploser au-dehors. Et c'était la chose la plus atroce qu'elle ait jamais connue, comme si tout l'intérieur de son corps brûlait, se déchirait et s'émiettait. Dans un état second, elle ne savait plus contre qui elle se défendait ni où elle était. Le reste du monde avait disparu. Naïké luttait de son mieux, mais elle finit par céder sous la force de l'assaut. Le fuchsia s'évapora et le blanc la fit reculer jusqu'à ce qu'elle heurte une branche.

Aïnako sembla alors se réveiller et, réalisant ce qu'elle était en train de faire, elle se força à endiguer sa lumière pour libérer Naïké. Encore désorientée et les poumons brûlants, elle se précipita vers son amie.

— Ça va? demanda-t-elle d'une voix enrouée qui trahissait son affolement. Je... Je...

Son amie se releva et éclata de rire, mais son rire fut vite remplacé par une grimace. Elle posa une main sur ses côtes, où on devinait une lueur rosée à travers le kaki de son t-shirt. Le cœur d'Aïnako s'arrêta. La brûlure dans sa poitrine s'intensifia. Qu'est-ce qu'elle avait fait?

— Une fêlure, dit Naïké en haussant les épaules. C'est rien.

Comme si ses paroles avaient eu la puissance d'une formule magique, le rose s'atténua et disparut.

— Tu vois? Déjà guérie.

Mais Aïnako n'avait pas envie de rire. Ses poumons lui faisaient encore mal, sa tête tournait, ses jambes tremblaient, ses yeux s'étaient remplis d'eau et elle ne comprenait toujours pas ce qui venait de se passer. Naïké lui prit la main.

— Eh! c'est moi qui t'ai attaquée par-derrière!

Aïnako ouvrit la bouche, mais son cerveau refusait de faire des phrases. Sans lâcher sa main, Naïké la fit asseoir à ses côtés:

— C'est Éléssan qui m'a demandé de faire ce test. Après la bataille d'hier, après ce que je lui ai dit et ce qu'Iriel et Olian lui ont dit, il s'est mis dans la tête que tu étais une des rares elfes dont la lumière est plus forte à l'état brut, sans épée.

— Mais non ! Hier, quand on s'entraînait, ça allait mieux avec mon épée.

— Parce que tu ne maîtrises pas encore ta force. Quand tu l'auras apprivoisée, tu devrais pouvoir te passer d'arme et sentir les attaques avant qu'elles ne t'atteignent, comme tu viens de le faire. C'est très rare, tu sais. Ça veut dire que, quand tu seras capable d'utiliser ta lumière à sa pleine puissance, n'importe quelle pierre, même le diamant, ne fera que la ralentir et tu deviendras presque imbattable. Presque...

Aïnako posa sa main sur son thorax et sentit son cœur battre sous ses côtes. La brûlure avait diminué, mais était encore là, tapie dans l'ombre, comme un monstre endormi. Était-ce à ça que sa mère pensait en prétendant qu'elle seule avait le pouvoir de vaincre Taïs ?

19

LA REINE ENDORMIE

À peine se fut-elle douchée et changée que Zoïrim vint la chercher dans la chambre de Naïké pour l'amener voir sa mère.

Depuis l'attaque-surprise de la veille, les mesures de sécurité avaient été renforcées au palais et plus personne n'avait le droit d'entrer dans la chambre royale, hormis l'ambassadeur, c'est-à-dire lui-même, Otalia et quelques gardes triés sur le volet. Zoïrim avait cependant demandé une permission spéciale pour pouvoir y amener Aïnako. Ne pouvant trop mentir au conseil, il avait avancé comme prétexte que la lumière de la jeune elfe était de la même couleur que celle de la reine et que sa présence l'aiderait peut-être à sortir de son coma.

— Personne n'a trouvé ça bizarre, que ma lumière soit de la même couleur que celle de la reine?

Naïké, qui s'apprêtait à ouvrir les volets, se figea dans son geste.

— Non. C'est très fréquent.

— Mais je leur ai dit que la tienne était particulièrement forte et que tu savais la maîtriser à la perfection, dit Zoïrim.

— Euh ! fit Aïnako. Le problème, c'est que ce n'est pas tout à fait vrai.

Zoïrim haussa un sourcil bleu ciel.

— Me traiterais-tu de menteur ?

— Ne vous en faites pas, Zoïrim, dit Naïké, c'est dans ses habitudes. Dès que quelqu'un lui dit qu'elle est bonne, elle l'envoie promener.

Aïnako fit une grimace à son amie avant de se tourner vers Zoïrim.

— Vous ne vous attendez quand même pas à ce que je tente de réveiller la reine comme Éléssan hier ?

— Non, bien sûr que non. Ça ne servirait à rien. Mais tu devras quand même faire semblant. Tu n'auras qu'à poser une main sur son front. Même si les gardes ne voient aucune lumière, ils croiront que c'est parce que tu es en train de chercher celle de la reine. Essaie d'avoir l'air sûre de toi. Les gardes sont assez habiles pour percevoir la nervosité des gens. C'est même pour ça qu'ils sont gardes, et pas bourreaux.

Pas très rassurée par cette dernière remarque,

Aïnako avala sa salive pendant que Naïké se décidait à ouvrir les volets.

— À tout à l'heure, dit-elle.

— À tout à l'heure, répondit Naïké en les regardant prendre leur envol.

Un calme oppressant régnait sur la cité. Tous les elfes étaient vêtus de blanc, comme Aïnako et Zoïrim. C'était la couleur du deuil.

L'entrée principale du palais était bloquée par deux soldats à l'allure féroce, chacun portant une lance surmontée d'une longue pierre pointue, une épée enfermée dans un fourreau de métal sobre et parfaitement astiqué, ainsi qu'un étui de cuir noir ceint à la taille. Zoïrim lui avait expliqué que cet étui contenait des menottes de diamant noir, une pierre très lourde qui, dès qu'elle entrait en contact avec la peau d'un elfe, le privait de sa lumière. Mais il fallait se montrer extrêmement prudent quand on manipulait le diamant noir, car, en plus d'absorber la lumière, il minait la force physique et les facultés mentales, pas au point de rendre stupide, mais juste assez pour ralentir les réflexes.

Les gardes reconnurent Zoïrim, mais les fouillèrent quand même pour s'assurer qu'ils n'étaient pas armés, après quoi ils s'écartèrent sans un mot.

Aïnako retint un soupir de soulagement

pendant que Zoïrim l'entraînait dans la vaste cour intérieure du palais, dont chaque coin regorgeait de plantes et de fleurs colorées qui grimpaient le long des tours de nacre, s'entortillaient autour des branches d'acajou, envahissaient les balcons et entraient par les portes et les fenêtres ouvertes. Elle s'arrêta sans s'en rendre compte et leva les yeux vers l'arbre-soleil dont les fleurs refermées semblaient maintenant grises sous la clarté blafarde de la lune.

Zoïrim appuya légèrement sur son coude pour la guider vers la tour qui se trouvait immédiatement à leur gauche, elle aussi défendue par des gardes qui s'écartèrent dès qu'ils le virent.

Ils se retrouvèrent dans une grande pièce circulaire d'où un couloir partait de chaque côté et s'enfonçait dans les murs reliant les tours. Un seul escalier, dont chaque marche semblait faite d'ambre pur, longeait le mur courbe et menait aux étages supérieurs. Chaque palier était surveillé par des gardes qui ne leur opposèrent pas plus de résistance que les premiers. Entre deux étages, Zoïrim adressa un sourire à Aïnako.

— C'est l'avantage d'avoir servi la reine depuis sa naissance, chuchota-t-il. Mais les gardes qui surveillent la chambre royale seront certainement plus exigeants. Et vaut mieux qu'ils le soient.

Aïnako s'obligea à cesser de faire tourner dans ses mains le disque métallique qu'il lui avait remis un peu plus tôt et sur lequel étaient gravées ses informations personnelles. Enfin, celles inventées par Éléssan.

Lorsqu'ils arrivèrent en haut de l'escalier d'ambre, qui se terminait sur une antichambre occupée par quatre gardes armés, elle le leur tendit avant même qu'ils le lui demandent. L'un d'eux prit le disque, l'examina et se mit à lui poser mille questions sur ses origines et la raison de son séjour à Lilibé. Le cœur d'Aïnako s'accéléra, mais Éléssan lui avait fait répéter son histoire tellement de fois que les réponses sortirent toutes seules de sa bouche.

Les gardes se tournèrent ensuite vers Zoïrim et lui aussi dut leur remettre une pièce d'identité.

— Nouveau règlement, dit l'un d'eux.

— Je sais, dit Zoïrim. C'est moi qui ai insisté pour le faire adopter.

Le garde lui demanda pourquoi il voulait amener une inconnue voir la reine. Pour toute réponse, Zoïrim tira un rouleau de papier jaunâtre de la poche de sa veste et le leur tendit. Un des gardes fit glisser le ruban doré qui le retenait et le déroula. L'encre indigo avait traversé le papier et Aïnako essaya de lire à l'envers, mais les autres gardes la regardaient d'un air tellement sévère qu'elle décida de fixer ses propres pieds nus.

— Et vous croyez que ça l'aidera? fit le garde en enroulant la lettre et en la remettant à Zoïrim.

— On ne perd rien à essayer.

Le garde acquiesça et fit signe aux autres de les fouiller pour s'assurer qu'ils ne se soient pas procuré une arme depuis leur entrée au palais. Enfin, tous quatre se rangèrent le long des murs pour les laisser passer. Aïnako vit la lourde porte de nacre s'ouvrir, entendit les gonds grincer et sentit ses jambes s'engourdir. «Cette fois, c'est pour de vrai, se dit-elle. Je vais réellement voir ma mère…» Zoïrim dut lui prendre un bras pour la faire avancer.

La chambre royale occupait tout le haut de la tour. Elle était donc plus étroite que la première salle qui donnait dans la cour, mais extrêmement haute, avec un plafond pointu. C'était bien le lieu qu'elle avait vu la veille, pendant son étrange vision où Iriel avait dit à la reine qu'ils étaient quittes. De minces fenêtres en forme de pupilles de chat étaient percées à intervalle régulier tout autour de la chambre et, entre chacune d'elles, un soldat se tenait parfaitement immobile, l'épée à la main, la lame illuminée d'un halo coloré.

Au centre de la pièce, six autres gardes étaient postés autour d'une grande table ronde qui, à bien y regarder, n'était pas une table, mais un lit surélevé sur lequel une elfe semblait dormir. Leur épée était encore au fourreau, mais ils avaient tous la main sur le pommeau, prêts à passer à l'attaque à la moindre alerte.

Zoïrim alla leur parler et dut à nouveau sortir le rouleau jaunâtre. Après l'avoir lu, les gardes s'éloignèrent du lit et Zoïrim fit signe à Aïnako d'approcher. Elle avait l'impression d'être une automate, comme si quelqu'un d'autre faisait bouger ses jambes. Elle se rendit compte qu'elle retenait son souffle et se força à le relâcher lentement. Seuls la tête et les bras de la reine dépassaient de la couverture argentée qui coulait comme de l'eau jusque sur le sol de bois. Ses cheveux ondulés, bordeaux, comme ceux d'Aïnako, formaient une sorte de soleil sec et frisotté autour de son visage vert pâle, terne, presque gris.

Aïnako n'arrivait pas à y croire. Elle la voyait enfin, cette mère qu'elle avait crue morte toute sa vie et qui semblait sur le point de mourir en ce moment même. Elle voulut lui caresser le front, mais sa main s'immobilisa au-dessus de son visage et se mit à trembler.

Elle repensa à la chaleur et à l'abandon qu'elle avait ressentis pendant la fraction de seconde où, dans une vision, elle avait habité son corps de bébé, dans les bras de sa mère. Elle pensa à tatie Vivi et à la façon dont ses yeux bleus se remplissaient d'eau quand elle regardait les photos d'Aïnako et de sa mère. Elle se rappela la fois où sa tante s'était échappée, quand elle avait demandé à Éléssan comment allait sa sœur, sans savoir qu'Aïnako était juste à côté, cachée derrière le sapin de Noël, en train de voler quelques cannes de bonbon accrochées aux branches les moins visibles. Elle avait huit ans, à l'époque, et était immédiatement sortie de sa cachette pour leur demander comment ils pouvaient avoir des nouvelles de sa mère. Tatie Vivi avait semblé décontenancée l'espace d'une seconde, puis elle s'était accroupie devant Aïnako en disant que son cousin avait seulement rêvé de sa mère. Elle lui avait ébouriffé les cheveux en lui recommandant de ne pas trop s'empiffrer, parce que le souper allait être prêt bientôt. Elle ne l'avait même pas grondée pour avoir volé les cannes.

Elle sourit malgré elle à ce souvenir et des larmes lui piquèrent les yeux. Elle battit des paupières. Mais qu'est-ce qui lui prenait de pleurnicher tout le temps depuis qu'elle était redevenue une elfe ?

Elle prit une grande inspiration et posa enfin sa main sur le front de sa mère.

Rien. Il ne se passa rien. Elle ne ressentit rien. Elle amena un peu de lumière dans ses doigts et ne put retenir un sursaut en la voyant fondre dans la peau de sa mère. Mais elle ne ressentait toujours rien, pas le moindre soupçon de vie. Un point blanc se mit à briller sur la gorge de la reine et elle vit que c'était la larme de diamant, identique à celle qu'elle avait cachée sous sa robe.

Elle baissa les yeux sur son propre pendentif et il lui sembla le voir luire légèrement à travers la mince toile de soie blanche. Elle appuya son autre main dessus, comme si elle voulait en imprimer la forme dans sa peau, et sentit son cœur se serrer au point de lui couper le souffle. Des points noirs envahirent sa vision jusqu'à occuper tout l'espace, comme si tous les gardes avaient éteint leur lumière en même temps. Une voix étouffée perça le silence.

— Ça va le tuer.

Elle voulut se retourner, demander qui était là, mais la voix répéta, un peu plus fort :

— Ça va le tuer.

Elle réalisa que c'était elle-même qui avait parlé. Elle avait encore la main sur son pendentif, qu'elle enfonçait dans sa chair comme pour empêcher son cœur de se déchirer, et elle serrait les paupières pour chasser le mal de tête qui lui martelait les tempes.

— C'est toi que ça va tuer, Maë, fit une autre voix qu'elle reconnut aussitôt.

Elle ouvrit les yeux et vit Éléssan qui la regardait. Elle était encore dans la chambre royale, mais les gardes avaient disparu. Il n'y avait qu'elle, Éléssan et le soleil qui filtrait par les minces fenêtres.

— Je sais, répondit-elle avec la voix de sa mère, mais je m'en remettrai. C'est pour le bien du peuple. C'est pour tout le monde. Je n'ai plus le droit d'être égoïste. Je suis la reine, maintenant. Je n'ai plus de temps à perdre avec ces enfantillages…

Éléssan mit une main sur son bras.

— C'est Taïs, c'est ça? C'est Taïs qui te demande ça?

Une vague de haine traversa l'esprit d'Aïnako à la mention de ce nom. Elle ferma les yeux et revit Néréli en train de se vider de son sang dans ses bras.

— Tu n'es pas obligée d'être reine, poursuivit Éléssan. Tu pourrais laisser ton trône à quelqu'un d'autre.

Sa main était chaude sur son bras et elle s'aperçut qu'elle grelottait. Elle soupira en secouant la tête.

— À qui? demanda-t-elle d'un ton désabusé.

Je suis la seule en qui j'ai assez confiance pour faire la paix avec Taïs. Je ne me pardonnerais jamais de m'être défilée.

Éléssan sourit et acquiesça. Il comprenait. Il fit quand même un autre pas vers elle et la prit dans ses bras. Elle voulut d'abord se dégager parce qu'elle savait qu'elle allait se mettre à pleurer, mais elle avait si froid et les bras qui l'étreignaient étaient si familiers !

— Tu n'es pas obligée de toujours être la plus forte.

Elle laissa tomber un bref rire ironique et ferma les paupières en sentant les larmes lui monter aux yeux. Elle avait encore l'impression que son cœur allait éclater, mais Éléssan la serra plus fort et elle réussit à chuchoter :

— Tu t'occuperas de lui, hein ?

Il ne répondit pas tout de suite et elle leva la tête pour le regarder. Il sourit, un peu moqueur malgré ses yeux tristes.

— Tu sais bien que je passe mon temps à vous sauver, tous les deux.

Elle sourit aussi et leva les yeux au ciel, même si les larmes continuaient à affluer.

— Tu sais que tu m'énerves, parfois ?

— Je sais, dit-il en embrassant ses cheveux.

Elle se laissa encore aller contre lui. Son cœur n'allait pas éclater, pas tant qu'Éléssan serait là. Elle arrêta enfin d'enfoncer son pendentif dans sa poitrine. Un voile noir tomba sur la pièce et elle sentit son coccyx heurter le plancher. Elle entendit Zoïrim dire son nom, mais une autre voix s'immisça dans sa tête.

— *Tu vas le regretter! Tu sais que tu vas le regretter!*

Ce n'était qu'un murmure, mais elle crut qu'il allait lui déchirer les tympans.

— Aïnako! fit encore la voix de Zoïrim.

Elle se tourna vers lui, mais eut du mal à faire la mise au point sur son visage. Elle avait les deux mains appuyées sur ses oreilles pour faire taire la voix d'Iriel qui continuait à lui marteler l'intérieur du cerveau. Elle était certaine que c'était sa voix, même si elle ne le voyait nulle part. Elle avait reconnu son timbre rauque et amer, et de nouvelles paroles se superposaient maintenant aux précédentes.

— *Tu n'en seras jamais capable. Tu m'entends, Maë? Tu n'en seras jamais capable.*

Zoïrim voulut l'aider à se relever, mais un des gardes lui avait déjà pris un bras pour la remettre sur ses pieds. Cependant, à sa manière de la tirer loin du lit, Aïnako comprit que ce n'était pas tant par sollicitude pour elle que pour s'assurer que son évanouissement n'était pas une feinte destinée à les berner pour ensuite lui permettre d'assassiner la reine. Les autres gardes reprirent leur poste autour du lit. Les soldats alignés le long du mur n'avaient pas bougé.

— Qu'est-ce qui s'est passé? demanda-t-elle à Zoïrim en se concentrant pour avoir l'air normale et saine d'esprit.

— C'est à toi de me le dire, répondit-il en l'observant d'un air soucieux. Tu as posé une main sur ton cœur et tu es tombée.

Au moins, elle ne s'était pas transformée en supernova! Mais pourquoi la voix d'Iriel continuait-elle à la harceler, l'empêchant même de penser?

— *Tu m'entends, Maë? Tu n'en seras jamais capable.*

— Ça n'a pas marché? demanda le garde qui lui tenait encore le bras.

Aïnako sursauta. Elle avait presque oublié où elle était, tellement les mots d'Iriel prenaient de la place. Elle leva les yeux vers le garde. Sa prise s'était un peu relâchée sur son bras et il ne semblait plus la considérer comme une menace. Il n'y avait aucune expression sur son visage, mais elle avait bien senti l'espoir dans sa voix. Elle secoua la tête et regarda encore sa mère endormie.

Elle se sentait complètement perdue. Ainsi, sa mère n'avait pas désiré être reine, elle n'avait accepté la couronne que pour mettre fin à la guerre. Aïnako se rendit compte qu'elle aussi avait espéré que sa mère se réveille, qu'elle sente sa présence, qu'elle reconnaisse les empreintes de ses doigts sur son front, sa lumière à l'intérieur d'elle.

Elle s'en voulut d'avoir éprouvé du soulagement, la veille, à l'idée qu'elle n'aurait pas à lui parler, vu qu'elle était dans le coma. Maintenant, c'était la chose qu'elle désirait le plus, parler à sa mère, la voir sourire, entendre sa voix.

— *Tu vas le regretter…*

« Je n'ai plus le droit d'être égoïste », avait dit sa mère.

— *Tu sais que tu vas le regretter !*

Aïnako effleura son pendentif, toujours camouflé sous sa robe. Elle allait tout faire pour vaincre Taïs et redonner sa lumière à sa mère.

LISTE DES PERSONNAGES

Aïnako : Elfe, princesse du royaume d'Élimbrel, fille de Silmaëlle. Elle a été élevée par sa tante, tatie Vivi, sous une forme humaine et en répondant au nom de Novembre.

Chloé : Humaine ; amie de Novembre, alias Aïnako.

Éléssan : Elfe, soldat de l'armée d'Élimbrel, il a joué le rôle de cousin d'Aïnako au cours des premières années de sa vie.

Fælkor : Elfe, fils de Taïs.
Flo : Humain ; oncle d'Aïnako, mari de tatie Vivi.
Frandur : Elfe, père de Handur.

Goneïa : Elfe, soldat de l'armée d'Élimbrel.

Handur : Elfe, soldat de l'armée d'Élimbrel et enseignant à l'Académie militaire.

Iriel : Elfe, ancien commandant de l'armée d'Élimbrel.

Kaï : Elfe sauvage qui se prétend la fille naturelle de Tsamiel et qui convoite le trône d'Élimbrel.

Loup : Nom humain d'Éléssan.
Lubu Pieds d'Orque : Ondin, souverain du royaume d'Uderlain.

Maë : Surnom de Silmaëlle.
Mygale : Surnom de Naïké.

Naïké : Elfe, guerrière à la solde de l'armée d'Élimbrel, elle a joué le rôle de cousine d'Aïnako au cours des premières années de sa vie.
Néréli : Elfe, mère de Silmaëlle, grand-mère d'Aïnako ; jadis reine du royaume d'Élimbrel, elle a été tuée lors de combats contre l'armée de Taïs.
Nina : Nom humain de Naïké.
Novembre : Nom humain d'Aïnako.

Olian : Elfe, neveu de Naïké, soldat de l'armée d'Élimbrel.
Otalia : Elfe, suivante de la reine Silmaëlle.

Silmaëlle : Elfe, reine du royaume d'Élimbrel, fille de Néréli et mère d'Aïnako.
Solyin : Elfe, mère de Handur.

Sylvie : Nom que tatie Vivi donne à Silmaëlle dans le monde des humains.

Taïs : Elfe, ancienne princesse du royaume d'Élimbrel, révoltée contre la dynastie qui règne sur le royaume. Elle a créé le royaume de Shamguèn, dont le seul but est de lutter contre Élimbrel.
Tjaneil : Elfe, père d'Olian et frère de Naïké.
Tsamiel : Elfe, sœur cadette de Taïs, ancienne reine du royaume d'Élimbrel.

Vivi (**Tatie**) : Tante d'Aïnako. Née elfe, elle a choisi de vivre sous une forme humaine. C'est elle qui a élevé Novembre, alias Aïnako.

Zac : Humain, frère de Chloé.
Zoïrim : Elfe, ambassadeur royal de Silmaëlle.

TABLE DES MATIÈRES

AÏNAKO

Tome 1

Tome 2

100%

Ce livre a été imprimé sur du papier contenant 100 %
de fibres recyclées postconsommation, certifié Écolo-Logo
et Procédé sans chlore et fabriqué à partir d'énergie biogaz.